掬雲偶拾·陈武随笔

艺影可亲

陈 武/著

古吴轩出版社
中国·苏州

图书在版编目（CIP）数据

艺影可亲 / 陈武著. -- 苏州 ： 古吴轩出版社，2020.1
（掬云偶拾·陈武随笔）
ISBN 978-7-5546-1334-4

Ⅰ. ①艺… Ⅱ. ①陈… Ⅲ. ①随笔－作品集－中国－当代 Ⅳ. ① I267.1

中国版本图书馆 CIP 数据核字 (2019) 第 152521 号

责任编辑： 蒋丽华
见习编辑： 顾 熙
策　　划： 崔付建 秦国娟
封面题签： 葛丽萍
装帧设计： Amber Design 琥珀视觉

书　　名： 艺影可亲
著　　者： 陈 武
出版发行： 古吴轩出版社
地址：苏州市十梓街 458 号　　邮编：215006
Http：//www.guwuxuancbs.com　　E-mail：gwxcbs@126.com
电话：0512-65233679　　传真：0512-65220750
出 版 人： 钱经纬
印　　刷： 三河市华东印刷有限公司
开　　本： 787 × 1092　1/32
印　　张： 7
版　　次： 2020 年 1 月第 1 版　第 1 次印刷
书　　号： ISBN 978-7-5546-1334-4
定　　价： 42.00 元

目录

彦涵和版画

彦涵是从连云港走出去的当代版画艺术家，他1916年出生于东海县富安村，1935年考入国立杭州艺术专科学校，师从林风眠、潘天寿，1938年毕业后赴延安参加革命，同年冬毕业于鲁艺美术系。《中国艺术家辞典·现代第一分册》（湖南人民出版社，1981年 3 月出版）收有彦涵的词条，河南美术出版社1989年出版的《中国现代画家传》也有专章介绍，对他的艺术成就进行了中肯的评价："彦涵的艺术风格……一方面保持和发扬了过去那种粗犷豪放、充满战斗激情的基调，另一方面又出现了一种言简意赅、深沉含蓄、奇异浪漫的旋律，他的艺术造诣已达到了随心所欲的自由境界。"这样的评价相当准确，我们可以从《大羽》《山山水水》《林中小城》《找妈妈去》等作品中得到充分确证。他的创作“不为生活真实所束缚，按照主题的需要自由地组织画面，又善于把自然形态的感觉加以提炼和变化”。“在形象刻画上，除运用黑白色块对照外，他还特别强调粗细相间的线和点穿插，从而取得刚劲、利落和富有装饰性的效果；有些作品还有一种奇异瑰丽的色彩和金石韵味。”

毫无疑问，彦涵是中国现代首屈一指的版画大师。《彦涵传》就是一部刻录画家成长经历和艺术道路的真实写照。该书作为《中国当代画家丛书》的一种，由吉林美术出版社1993年11月初版。《彦涵传》共29章，每章都有一个小标题，分别是《童年》《入学》《进入艺术之门》《踏上革命征途》《相识在太行山上》《别后记事》《结婚前后》《冒险买书》《创作与备战》《两次大“扫荡”》《通过敌占区》《重返延安鲁艺》《到前线去》《土地改革》《胜利前夕》《西子湖畔》《从苏联到朝鲜》《美院任教》《仗义执言与劳动改造》《默默耕耘》《“四清”工作队》《苦难的年月》《“五七”道路》《“黑画家”》《〈丙辰清明〉》《噩梦醒来是早晨》

《一幅画像》《艺术走向世界》《故乡情谊长》。仅从这些标题上，就大致看出该书的全貌和写作风格了。

《彦涵传》除正文外，还附《彦涵年表》。

《彦涵传》的作者白炎是彦涵的夫人，这就使该书更加亲切感人。作者在后记中深情地写道："他那坎坷的经历、艺术的生涯，以及与历史大背景的关系，常常把我引进深深的回忆和绵绵的长思。"由于作者和传者是长期的生活伴侣，许多事件和情节都是作者亲身经历的，让我们在了解彦涵艺术道路的同时，还知道他许多鲜为人知的趣闻轶事。但是，该书并没有一味地称扬，而是客观地记录了彦涵作为一代版画大师的思想、情操、志趣、信仰以及生活经历。既叙述了他成功时的自信，也写出了失意时的自强。

《彦涵传》正文前收插页36幅，其中彦涵生活、创作照片15幅，其他21幅是他各个时期的代表作。包括1954年在朝鲜创作的《刚刚摘下的苹果》，挂在孙犁书房里的《老羊倌》，天安门人民英雄纪念碑《胜利渡长江》浮雕设计图，被德国费德列·诺曼基金会收藏的现代木刻《大羽》等名作。

关于彦涵以及他的作品和相关评论，还有许多资料可以参考。彦涵的最早作品集是1949年东北画报社出版的《彦涵木刻选集》，1980年人民美术出版社出版了《彦涵画辑》，1982年人民美术出版社出版了《彦涵版画》，1983年河北美术出版社《彦涵纪游图选集》。此外，截至1990年，他相继在国内外举办15次个人画展。1995年2月8日，《连云港日报》文艺副刊曾连载沈涛关于彦涵的文章26篇，总题为《画内画外事》，这组文章后来被作者编入军事谊文出版社出版的《海雨天风》里。石仁勇、刘鸿石曾编著一本《彦涵研究》，由江苏美术出版社作为“中国现代美术家研究丛书·江苏系列”于1994年1月出版，该书分平装、精装两种，凡20万字，收关于彦涵的各类文章100多篇，分三辑：第一辑为“征途漫录 艺海履痕”，第二辑为“热爱色与墨 追求情与新”，第三辑为“入笔灿日月风骨扬精神”。附录部分也分两辑：“读画吟诗寄彦涵”和“雪泥鸿爪”。以上这些资料，都可以看作《彦涵传》的补充。

但是，《彦涵传》其中也有不足的地方，对彦涵的艺术创作特别是对各个时期的艺术风格没有做出恰如其分的评价，比如早期的写实和后期的抽象，该书只是纪实性地一带而过。其实，彦涵思维方式与审美观念上的飞跃，从他1985年以后的一系列抽象彩墨画中可见一斑。彦涵是一位在各个历史时期大起大落的人，他有着不平凡的内心世界和心路历程，其艺术走向包容寰宇，观照人生，超越时空，尽情表现他所感受的高层次的美，这是他艺术生命发展的历史必然。如果《彦涵传》能把各个时期的作品联系起来比较，更可以看到他如何在生活中领悟与提炼形式美，怎样愈来愈简洁地将感情熔铸于形式，也会更加清楚地了解到他如何在晚年登上艺术生涯的第二个高峰。

《吴小如手录宋词》

吴小如的书法，在他年轻时就显出水平了。早在1945年10月，他拜俞平伯为师时，就“手写夫子五言长古《遥夜闺思引》”，得到俞平伯的奖掖。俞平伯收吴小如为门生，一方面和吴小如的父亲吴玉如有关（俞、吴是互相欣赏的朋友），另一方面，和吴小如能写作很见水平的书评有关，当然，俞平伯也是认可了吴小如的书法功力的。年纪轻轻的吴小如，在父亲的指点下，能写一手漂亮的书法，在同辈人当中，确实不多见。更主要的，俞平伯认同了吴小如的为人。同年12月2日，俞平伯还作了《吴小如写赠本遥夜闺思引跋》，来记这段师生之谊，跋语云：“右本吴小如同学写赠，古槐书屋入藏第一。君沉潜秀异，甫逾冠年，于诗文有深赏。乙酉冬孟，惠款斋扉，旨欲问业。于时闲庭拥叶，悄寡欢悰；欣挹清芬，自惭尘陋。斯篇粗就，遽出稿本畀之。中多慷慨之音，缠绵之语，生平怀想，略见其樊。小如三复之，或有忘言夙契，而亮余之草草也。爰嘱小如为清写一过。越数日，书成见惠，点翰轻妙，意惬骞腾，可谓桃琼报贶，冰水凌寒矣。唯兰膏可惜，多费铅华耳，为错他山，敢云识路；启予绚素，深藉君贤。”两天后，俞平伯又作第二跋，跋语中有对吴小如书法的称赞：“用笔如蜻蜓点水，致足赏也。”

吴小如的书法，韩嘉祥说是“笔外工夫笔内藏”，“自有一种萧疏淡雅、清空俊秀的风格”，认为他的书风“纯正而不乏丰富，娟美而绝不媚俗，善求变化而又无一笔无来历”。刘凤桥说吴小如的书法“最大的特点就是天真纯净，静如秋水，妍若春花，格调极高。这样不俗气、不匠气的书法在当代极为鲜见”。吴小如的书法得到当代的认同，和他小时候就“走正路”不无关系。他在《〈吴玉如书法集〉序》中曾记述了自己的学书历程：“当先父经常指点我和舍弟学习书法时，正值他三四十岁之间，可以说是他本人青年阶段的后期，亦即他在书法艺术道路上造诣日臻成熟的时候。尽管他本人得力于《元略志》和《龙藏寺碑》，并对这两种北碑的用笔已入而能出，有所变化发展，但他教我们学魏碑却是从《崔敬邕志》开蒙的。与此同时，他还教我写欧阳询的《皇甫诞碑》，1930年先父赴莫斯科，我在小学习字课上听了老师的话，从父亲书橱中找出一本《颜家庙碑》来写，而把《皇甫诞碑》丢在一边。等先父亲归来发现此事，狠狠训斥我一顿；另外，却对我不顾学校要用白折子练小楷的规定而脱手临《黄庭经》加以夸奖。但他坚决不许我们临《灵飞经》。……1936年我始习行草，先父只教临孙过庭《书谱》，不令写怀素《自叙》；只教写二王墨迹和《兰亭》《圣教》，不许写阁帖；只教写李北海，不许写赵松雪；只教写文徵明，不许写祝枝山。”吴小如的书艺，正是在这些“许”和“不许”中，形成了自己的风格。但吴小如并没有抱着风格不放，也是对各家都有吸收的，更难能可贵的是，到了老年，还学习不止。韩嘉祥在《吴小如手录宋词》代后序《笔外工夫笔内藏》里透露说：吴小如先生“现今虽已八十八岁高龄，还时常托我代购新出版的碑帖，并且整通整通地临写。我就收有小如先生临写的整通的李北海《麓山寺》、褚遂良的《枯树赋》及《刁遵志》《李超志》等多种。而这些临本既忠实原碑又融入自己的理解，非老于书道者不能办到”。

有了上述的了解，《吴小如手录宋词》的书法艺术，不用我再饶舌了吧？如果还嫌不够，请看俞平伯八十寿辰时，吴小如为老师草书的寿联，这副寿联，是集李白和张说的诗句而成，曰：“共看明月皆如此，且喜年华去复来”。俞平伯看了，特别喜欢，既喜欢内容，更喜欢吴小如的草书。俞平伯将对联装裱成轴，挂在客厅的正壁，还让吴小如不要惶恐，将来会有更多的人挂他的字的。

吴小如是当代著名学者、诗人，也是作家和书法家。他这本《吴小如手录宋词》，是他专门手书的，共书写宋代词人42家，词作200首，每首均为楷书，除标有尺寸外，还附有原文和释语。释语很短，一两句而已，有的仅一句，却很精准地涵盖此词的要义。如书晏几道的《生查子》，只一句“此典型婉约词风”，足够了。再如书宋祁的《玉楼春》，释语云：“古今论者皆盛誉‘红杏’句‘闹’字，然全篇亦健。”一个“健”字，也说明问题了。这本书法集令人称道的地方还有作者写作的《前言》

别具一格，是草书书写的文言文，从所附的书法影印看，笔走龙蛇，隔行通气，看着舒服。而前言中对现今的“所谓书法家者，多高自标置，争以创新自命，而弃横平竖直、规矩准绳于不顾”表示难以理解。说到自己的书法创作，自序所言：“乃潜心揣摩斯道，自魏晋隋唐宋元明清以来诸家碑帖之菁华，一一取而临摹之，力求取法乎上。而作字点画分明，不以荒诞险怪哗众取宠。故兹编所书，皆属正楷，体貌虽不一，要皆不逾矩，不妄作。”吴小如的话说得明明白白了，足见这位大书法家的诚实。另有一幅插页画，曰：“莎斋读书图”。“莎斋”是吴小如的书房名，吴小如曾编有《莎斋笔记》《莎斋闲览》《莎斋诗剩》等书。这幅“读书图”，取法古意，山居一草舍里，莎斋主人正持笔苦思。此图为当代名家许宏泉所绘。该书由天津古籍出版社出版于2009年8月，是三册一套中的一种，别两种分别是《吴小如录书斋联语》《吴小如书法选》。

这里顺带一笔，吴小如的老师俞平伯和夫人在北京西山福田公墓的墓碑，也是吴小如所书。这是俞平伯生前特别关照的。

汪曾祺的书画题识

汪曾祺一生中创作了大量的书画作品。从现有材料看，他对书画的迷恋，不亚于对文学的迷恋。他曾在多篇文章中表达过这个意思，散文《写字》还专门就自己如何迷恋书法并在书艺上如何追求，洋洋洒洒说了很多，“写字总得从临帖开始。我比较认真地临过一个时期的帖，是在十多岁的时候，大概是小学五年级、六年级和初中一年级的暑假”。又说“一个暑假，我从祖父读《论语》，每天上午写大、小字各一张，大字写《圭峰碑》，小字写《闲邪公家传》，都是祖父给我选定的。祖父认为我写字用功，奖给了我一块猪肝紫的端砚和十几本旧拓的字帖：我印象最深的是一本褚河南的《圣教序》。这些字帖是一个败落的世家夏家卖出来的。夏家藏帖很多，我的祖父几乎全部买了下来。一个暑假，从一个姓韦的先生学桐城派古文、写字。韦先生是写魏碑的，他让我临的却是《多宝塔》。一个暑假读《古文观止》、唐诗，写《张猛龙》。这是我父亲的主意。他认为得写写魏碑，才能掌握好字的骨力和间架。我写《张猛龙》，用的是一种稻草做的纸——不是解大便用的草纸，很大，有半张报纸那样大，质地较草纸紧密，但是表面相当粗。这种纸市面上看不到卖，不知道父亲是从什么地方买来的。用这种粗纸写魏碑是很合适的，运笔需格外用力。其实不管写什么体的字，都不宜用过于平滑的纸。古人写字多用麻纸，是不平滑的。像澄心堂纸那样细腻的，是不多见的。这三部帖，给我的字打了底子，尤其是《张猛龙》。到现在，从我的字里还可以看出它的影响，结体和用笔”。

那么画画呢？汪曾祺是跟父亲学的。在《自报家门》里，汪曾祺说到他父亲有一间画室，写道“每逢春秋佳日，天气晴和，他就打开画室作画。我非常喜欢站在旁边看他画：对着宣纸端详半天，先用笔杆的一头或大拇指指甲在纸上划几道，决定布局，然后画花头、枝干，布叶，勾筋。画成了，再看看，收拾一遍，题字，盖章，用摁钉钉在板壁上，再反复看看。他年轻时曾画过工笔的菊花。能辨别、表现很多菊花品种。因为他是阴历九月生的，在中国，习惯把九月叫做菊月，所以对菊花特别有感情。后来就放笔作写意花卉了。他的画，照我看是很有功力的”。

汪曾祺生活在这样的旧式大家庭里，耳闻目睹的都是中国的传统文化，从小骨子里就受到了熏陶。不仅写字是童子功，画画能长期观摩，还跟祖父、老师学古文、背唐诗，加上他肯用心，旧学底子本来就十分了得，又得益于后来的新式小学、中学、大学教育，特别是在大学里又遇到沈从文这样的创作型的开明的老师，这些为他日后打通古代和现当代文学、中国和外国文学、传统文化和民间文化奠定了坚实而深厚的基础。在《七十书怀》里，汪曾祺说：“我的写字画画本是遣兴自娱而已，偶尔送一两件给熟朋友。后来求字求画者渐多。大概求索者以为这是作家的字画，不同于书家画家之作，悬之室中，别有情趣耳，其实，都是不足观的。我写字画画，不暇研墨，只用墨汁。写完画完，也不洗砚盘色碟，连笔也不涮。”

话虽这么谦虚，事实上，大家还是认可他的书画的。而他自己迷恋书画创作，不一定非要等到有谁求字求画才肯动笔，只要不写作，一有空闲（哪怕外出参加文学笔会），就会展纸研墨写画几笔。写完了，画完了，也不收拾，任其扔在一边，或读书，或买菜，或做饭，或写作，眼中全然无它了。子女定期给他收拾房间，常常将书画卷成一卷，往橱顶上一放。有朋友索字索画时，就会拿下来，任客人选一幅。

除非索字索画者有特殊要求，在一般情况下，他会随意在字画上题几句款识，有时是正经的古诗，有时是自己的诗，更多时候是因时因事胡乱“涂鸦”几句。这些“涂鸦”有的像散文，完整地记叙某件事，回忆故乡，回忆旧事；有的发几句感慨，往往是真性情的流露，会让人会心一笑，也会让人陷入沉思。

收在《汪曾祺书画集》里有一幅荷花图，题款云：

一九八三年除夕子夜时戏作柬奉某作家，录与德熙一看，知我老境尚不颓唐也。

六十三年辞我去，飘然消逝入苍微。

此夜欣逢双甲子，何曾惆怅一丁儿。

秋花不似春花落，黄鸟时兼白鸟飞。

敢与诸君争席地，从今泻酒戒深杯。

我已将近二年所作小说集为一集，名“晚饭花集”，交人民文学出版社，今年上半年可出版。今年不拟多外出，啃一块硬骨头，写出小说《汉武帝》。

曾祺敬问德熙、孔敬新春大吉！

这哪里是书画题款啊，简直就是一篇文章嘛。有诗有文，有感想，有打算，还有书信中的问候的成分，说了自己的成绩和打算。题款中所录的诗，此后汪曾祺书写过多次，或自存玩赏，或赠送朋友，内容略有不同，比如“飘然消逝入苍微”，有时候写作“随风飘逝入苍霏”。汪曾祺预告的《晚饭花集》也没有在一九八四年上半年出版，直到一九八五年八月才在人民文学出版社出版发行。晚饭花是一种极普通的花，汪曾祺在《晚饭花集·自序》中说：“这是一种很低贱的花，比牵牛花、凤仙花以及北京人叫做‘死不了’的草花还要低贱。凤仙花、‘死不了’，间或还有卖的，谁见过花市上卖过晚饭花？这种花公园里不种，画家不画，诗人不题咏。它的缺点一是无姿态，二是叶子太多，铺铺拉拉，重重叠叠，乱乱哄哄地一大堆。颜色又是浓绿的。就算是需要进行光合作用，取得养分，也用不着生出这样多的叶子呀，这真是一种毫无节制的浪费！三是花形还好玩，但也不算美，一个长柄的小喇叭。颜色以深胭脂红的为多，也有白的和黄的。这种花很易串种。黄花、白花的瓣上往往有不规则的红色细条纹。花多，而细碎。这种花用‘村’‘俗’来形容，都不为过。最恰当的还是北京人爱用的一个字：‘怯’。北京人称晚饭花为野茉莉，实在是抬举它了。它跟茉莉可以说毫不相干，也一定不会是属于同一科，枝、叶、花形都不相似。把它和茉莉拉扯在一起，可能是因为它有一点淡淡的清香，——然而也不象茉莉的气味。只有一个‘野’字它倒是当之无愧的。它是几乎不用种的。随便丢几粒种籽到土里，它就会赫然地长出了一大丛。结了籽，落进土中，第二年就会长出更大的几丛，只要有一点空地，全给你占得满满的，一点也不客气。它不怕旱，不怕涝，不用浇水，不用施肥，不得病，也没见它生过虫。

这算是什么花呢？然而不是花又是什么呢？你总不能说它是庄稼，是蔬菜，是药材。虽然吴其濬说它的种籽的黑皮里有一囊白粉，可食；叶可为蔬，如马兰头；俚医用其根治吐血，但我没有见到有人吃过，服用过。那就还算它是一种花吧。”写了这么多，似乎在贬低晚饭花，为的是呼应这一句，“我的小说和晚饭花无相似处，但其无足珍贵则同”。晚饭花的各地叫法不一样，我们那里离高邮不远，却叫“拐磨花”，不知道什么意思，有的地方叫“夜来香”，有的地方叫“地雷花”，有的地方叫“懒老婆花”——是不是说它像懒老婆一样不爱收拾自己呢？这倒和汪曾祺的形容差不多。题款里预告的小说《汉武帝》计划是一部中篇（一说长篇），这块“硬骨头”最终也没有“啃”下来。德熙即语言学家朱德熙，是汪曾祺在西南联大的同学。孔敬是朱德熙夫人。

汪曾祺有一幅小品，画面特别简略，一枝荷花骨朵上，是一只刚刚起飞的蜻蜓。右边的题款曰：“一九八四年三月十日午煮面条等水开作此”。

汪曾祺喜欢逛菜市场，会吃，也会做，买菜当然要挑挑拣拣了。但也不是每顿饭都要玩几个花样小菜的，偶尔也会对付一顿。煮面条最普通不过了。江苏的面食，特别是高邮、扬州一带的面食，可能会复杂一些，要有一锅好汤——大骨头或老母鸡熬制的最为常见，还要有适口的浇头。但汪曾祺“等水开”的这碗面，可能没有那么复杂，只是一碗清水面，最多打个鸡蛋花。因为可以离开厨房而潜进书房，偷闲画幅小条屏，可见这碗面不用动脑子。把“煮面条等水开”作为款识入画，中外画史上可能也是独此一家。

一九八四年三月二十日，汪曾祺为西南联大同学巫宁坤作画，画面上是仙人掌、青头菌和牛肝菌，题跋云：“昆明人家常于门头挂仙人掌一片以辟邪，仙人掌悬空倒挂，尚能存活开花。于此可见仙人掌生命之顽强，亦可见昆明雨季空气之湿润。雨季则有青头菌、牛肝菌，味极鲜腴。宁坤属画，须有昆明特点，为作此图。一九八四年三月二十日，是日大风，不能出户，曾祺记。”

这幅画是应巫宁坤之约画的，他在三月二日给巫宁坤回复时，对于画什么表示了为难：“画尚未画，因为想不起能表明有昆明特点的花果可画。昆明最多的是报春花，但这花细碎，难为布局。波斯菊也不好画，美人蕉则不成样子也。圆通公园樱花甚好，但画出来则成为日本的回忆了。且容思之。”

对于昆明的食材，汪曾祺在许多文章里写过。关于菌类，更有名篇《菌小谱》，有这样的句子：“我在昆明住过七年，离开已四十年，不忘昆明的菌子。”相隔四十年，不可谓不长，而在昆明生活的七年，又是汪曾祺人生中最美的七年，单纯，年轻，有朝气，爱幻想，在那里读完了大学，在那里开始了文学的起步，在那里打拼过生活，在那里找到了人生的伴侣，美好的记忆无处不在，昆明的菌子又怎能忘怀呢？“雨季一到，诸菌皆出，空气里一片菌子气味。无论贫富，都能吃到菌子。”有一次，评论家王干先生去云南出差，在微信朋友圈发了一幅图片，一些装在袋子里的东西，请朋友猜是什么，猜对了请客。我一看就是鸡枞。汪曾祺在《菌小谱》里，对鸡枞是这样描写的：“鸡枞是菌中之王。味道如何？真难比方。可以说这是植物鸡。味正似当年的肥母鸡，但鸡肉粗而菌肉细腻，且鸡肉无此特殊的菌子香气。昆明甬道街有一家不大的云南馆子，制鸡枞极有名。”对于画中的青头菌、牛肝菌，汪曾祺描写也很细致：“牛肝菌菌盖正面色如牛肝。

其特点是背面无菌褶，是平的，只有无数小孔，因此菌肉很厚，可切成片，宜于炒食。入口滑细，极鲜。炒牛肝菌要加大量蒜薄片，否则吃了会头晕。菌香、蒜香扑鼻，直入脏腑，逗人食欲。牛肝菌价极廉，青头菌稍贵。青头菌菌盖正面微带苍绿色，菌褶雪白，烩或炒，宜放盐，用酱油颜色就不好看了。或以为青头菌格韵较高，但也有人偏嗜牛肝菌，以其滋味较为强烈浓厚。”

画菌的画家不少，齐白石就画过。但把作画的来龙去脉写成文章作为题跋的不多。

一九八四年五一劳动节，汪曾祺画一幅紫藤图，题款曰：“后园有紫藤一架，无人管理，任其恣意攀盘而极旺茂，花盛时仰卧架下使人醺然有醉意。一九八四年五一偶忆写之。今日作画已近十幅，此为强弩之末矣。曾祺记”。

这个题款也是别出心裁，相当于一篇短文，最后用“强弩之末”一词形容作画的感受也特别有意思，既是形容画的，也是形容自己心态的。前文已述，汪曾祺的许多书画题款都可看成一篇精短文章。这幅紫藤图题款里所说的后园，是汪曾祺家高邮老宅的花园。这个园子，在汪曾祺的多篇文章里都能看见，在《晚饭花集·自序》里，就有一段：“我家的荒废的后园的一个旧花台上长着一丛晚饭花。晚饭以后，我常常到废园里捉蜻蜓，一捉能捉几十只。选两只放在帐子里让它吃蚊子（我没见过蜻蜓吃蚊子，但我相信它是吃的），其余的装在一个大鸟笼里，第二天一早又把它们全放了。”在《花园》里，开篇就说：“在任何情形之下，那座小花园是我们家最亮的地方。”汪曾祺家是高邮的大户，有几千亩田产，几百间房子，“祖父年轻时建造的几进，是灰青色与褐色的。我自小养育于这种安定与寂寞里”。“我的脸上若有从童年带来的红色，它的来源是那座花园。”花园里有许多花树，也有许多杂草，杂草有臭芝麻，“莫碰臭芝麻，沾惹一身，嗐，难闻死人。沾上身子，不要用手指去拈。用刷子刷。这种籽儿有带钩儿的毛，讨嫌死了。至今我不能忘记它：因为我急于要捉住那个‘都溜’（一种蝉，叫的最好听），我举着我的网，蹑手蹑脚，抄近路过去，循它的声音找着时，拍，得了。可是回去，我一身都是那种臭玩意”。还有虎耳草，“虎耳草有一种腥味”，“螺螺藤”会“拉了手”。“紫苏的叶子上的红色呵，暑假快过去了。”园子里的树又怎么样呢？“那棵大垂柳上常常有天牛，有时一个、两个的时候更多。它们总像有一桩事情要做，六只脚不停的运动，有时停下来，那动着的便是两根有节的触须了。”园子里还有许多昆虫，有蟋蟀、蝉、蜻蜓、土蜂等，“蟋蟀已经变成大人玩意了。但是大人的兴趣在斗，而我们对于捉蟋蟀的兴趣恐怕要更大些。我看过一本秋虫谱，上面除了苏东坡米南宫，还有许多济颠和尚说的话，都神乎其神的不大好懂。捉到一个蟋蟀，我不能看出它颈子上的细毛是瓦青还是朱砂，它的牙是米牙还是菜牙，但我仍然是那么欢喜”。“有的蝉不会叫，我们称之为哑巴。捉到哑巴比捉到‘红娘’更坏。但哑巴也有一种玩法。用两个马齿苋的瓣子套起它的眼睛，那是刚刚合适的，仿佛马齿苋的瓣子天生就为了这种用处才长成那么个小口袋样子，一放手，哑巴就一直向上飞，决不偏斜转弯。”“蜻蜓一个个选定地方息下，天就快晚了。有一种通身铁色的蜻蜓，翅膀较窄，称‘鬼蜻蜓’。看它款款的飞在墙角花阴，不知甚么道理，心里有一种说不出来的难过。”“好些年看不到土蜂了。这种蠢头蠢脑的家伙，我觉得它也在花朵上把屁股撅来撅去的，有点不配，因此常常愚弄它。土蜂是在泥地上掘洞当作窠的。看它从洞里把个有绒毛的小脑袋钻出来（那神气像个东张西望的近视眼），嗡，飞出去了，我便用一点点湿泥把那个洞封好，在原来的旁边给它重掘一个，等着，一会儿，它拖着肚子回来了，找呀找，找到我掘的那个洞，钻进去，看看，不对，于是在四近大找一气。我会看着它那副急样笑个半天。或者，干脆看它进了洞，用一根树枝塞起来，看它从别处开了洞再出来。好容易，可重见天日了，它老先生于是坐在新大门旁边息息，吹吹风。神情中似乎是生了一点气，因为到这时已一声不响了。”从汪曾祺的文字中，读者能深切地感受到汪曾祺有个多么快乐、有趣的童年啊。汪曾祺的这篇《花园》写于一九四五年春天，结尾非常独特，非常耐人寻味，在写了夜里和父亲在花园里巧遇后，说道：“四月二日。月光清极。夜气大凉。似乎该再写一段作为收尾，但又似无须了。便这样吧，日后再说。逝者如斯。”这段文章像是这篇散文的“跋语”。近四十年后，汪曾祺在家画画，“偶忆”童年的花园，心情必是不能平静，禁不住而挥笔“写之”。在读者看来，或许就是那篇著名散文《花园》的另一种收尾吧。

园里的这棵紫藤，在《我的家》里也有描写：“金鱼缸的西北边有一架紫藤。盛花时，紫云拂地。花谢，垂下一根一根长长的刀豆。”

这幅紫藤图并没有消解汪曾祺对故园的思念和怀想，一个月后，他又画一幅金银花。这幅金银花图动感十足，墨叶、藤蔓和金白二色的花随风舞动，十分漂亮，题款依旧让人感动：“故园有金银花一株，自我记事从不开花。小时不知此为何种植物。一年夏，忽闻繁花无数，令人惊骇，亦不见其主何灾祥。此后每年开花，但花稍稀少耳。一九八四年六月偶忆往事，捉笔写此。高邮汪曾祺记于北京”。

汪曾祺家的“故园”，在《我的家》中有这样的描写：“花园原来没有园名，祖父命之曰‘民圃’，因他字铭甫，取其谐音。我父亲选了两块方砖，刻了‘民圃’两个小篆，嵌在一个六角小门的额上。但是我们还是叫它花园”。接下来，对花园做了详细的描写，角度就是从这六角小门进来，是一片砖墁的平地。“砖地东面，是一个花台，种着四棵很大的腊梅花，主干都有碗口粗，每年开很多花……下雪之后，上树摘花，是我的事，腊梅的骨朵很密。相中一大枝，折下来，养在大胆瓶里，过年。”“腊梅花的对面，是两棵桂花树，一棵金桂，一棵银桂。每年秋天，吐蕊开花。”“桂花树后，是南北向的花瓦墙，墙上开一圆门”。“出圆门，是一畦菜地。我祖母每年在这里种乌青菜”。“菜畦左侧有一棵紫薇，一房多高，开花时乱红一片，晃人眼睛。游蜂无数——齐白石爱画的那种大个的黑蜂，穿花抢蕊，非常热闹。西侧，有一座六角亭，可以小坐。”“菜畦东边有一条砖路。砖路尽处是一棵木瓜，一棵矾杏，一棵柿树，都很少结果。”“树之外，是一座船亭。这是祖父六十大寿头年盖的。船头向东，两边墙上各开了海棠形的窗户。祖父盖船亭，是为了‘无事此静坐’，但是他只来坐过几次，平常不来，经常锁着。隔着正面的玻璃隔扇，可以看到里面铁梨木琴几上摆着几件彝器，几把檀木椅子，萧萧爽爽。”汪曾祺写得够细了。但汪家的花园还没有写完，还有花坛，还有花坛对面的土山，站在土山上能看见墙外的尼庵。还写到了养鱼的大缸，大缸周围的那架紫藤、白丁香、紫丁香、金雀花、冬青树等。汪曾祺在另一幅岁朝图中，画的就是一枝蜡梅，题款曰：“我家废园内有大腊梅花数株，每于雪后摘腊梅朵以花丝穿缀配以天竹果一二颗奉祖母插戴。”

这就是当年汪曾祺家的花园。童年和少年的汪曾祺，就生活在这样的环境中。多么美丽的花园啊，怎能不叫他“偶忆”呢?

在金银花图的题款最后的“偶忆往事”之句后，还特意突出“高邮”二字，说明他是真想家了。汪曾祺少年求学，在昆明、上海都待过，后在北京定居，四十多年没有回家乡高邮了。他在多种场合，都流露出回家乡看看的想法。最早触动汪曾祺“相思”的是大姐汪巧纹二十世纪八十年代初的那次来京，他在陪多年不见的大姐游览时，常聊起儿时的记忆，紧接着便接连写出了《异秉》《受戒》《岁寒三友》《大淖记事》等和故乡密切相关的小说。一九八一年六月七日，在回弟弟汪海珊、妹妹汪丽纹的信上，他再次流露出回故乡的意思，这次是应小学同学刘子平代高邮宣传文化部门的邀请而动此打算的。一九八一年八月二十六日他又写信给刘子平，表示“我是很想回家乡看看的”。九月二十九日，汪曾祺写一首诗并书写成条幅，诗云：“莲花池外少行人，野店苔痕一寸深。浊酒一杯天过午，木香花湿雨沉沉。”书法和诗都是赠朱德熙的，题款曰："四十年前与德熙莲花池小店坐雨，一九八一年九月二十九日曾祺。国庆节后将应邀回故乡小住约一月，书此告知。"就要回故乡了，汪曾祺此时的心情之喜悦可想而知。一九八一年十月六日晚上，汪曾祺乘火车南下，在取道南京逗留几日后，于十月十日来到阔别四十二年的故乡高邮。这次回乡一个多月，汪曾祺见了许多老师、同学和亲友。回北京后，他依然念念不忘，在致亲友的信中，多次表示要再回故乡。比如在给妹婿金家渝的信中，提到自己的创作设想时说："我倒很想到高邮住一个较长时期，几个出版社都约我写长篇。我想写长篇，还只有写高邮。"据母国政回忆，一九八三年年初，《十月》酝酿《长篇小说》创刊，编辑部分配他联系汪曾祺，结果："汪曾祺打算写他的家乡旧事。他自谦说，不一定有多大意思，只是想让大家知道，还有这样一种形式的长篇小说。我立即想起萧红的《呼兰河传》，遂敦促他尽快动笔。他需要回一次老家，重温旧梦。"可惜的是，这个酝酿中的长篇小说，和《汉武帝》一样，也没有写成。但家乡的风俗往事，依旧一直萦绕在汪曾祺的心中。

回忆故家的花园，画了花园里的植物，自然会联想到其他故人往事了。这些故人往事，同样也体现在他的画中，如《此松鼠乃驯养者》，画上是一只机灵的小松鼠，正炯炯地盯着你看，在它旁边，是几颗樱桃和白果，松鼠边上是一个插竹枝的花瓶，题款曰：“我的小舅舅结婚时，他的小内弟带来一只松鼠，系以银链藏在袖筒里，有时爬出吃瓜子嘬豆腐脑，心甚羡慕。今忽忽近六十年矣，犹不能忘。一九八六年曾祺记”。还有一幅松鼠图，题款曰：“六代豪华，春去也，更无消息。空怅望，山川形胜，已非畴昔。一九八六年五月漫题旧画”。也是怀旧的腔调啊！一幅菊花图的题款曰：“晚色为扬州名菊，我父亲善画此种，须层层烘染极费工。我今所作乃一次染，略罩粉，略得其仿佛耳。丙子深秋曾祺记”。汪曾祺有一篇写父亲的散文，名字就叫《我的父亲》，写了他父亲的多才多艺，体育、音乐、书法、制印、画画、行医，无所不能，当然，还有一副好脾气。在写父亲画画一节里，汪曾祺写道：

摒挡丝竹以后，父亲大部分时间用于画画和刻图章，他画画并无真正的师承，只有几个画友。画友中过从较密的是铁桥，是一个和尚，善因寺的方丈。我写的小说《受戒》里的石桥，就是以他为原型的。铁桥曾在苏州邓尉山一个庙里住过，他作画有时下款题为“邓尉山僧”。我父亲第二次结婚，娶我的第一个继母，新房里就挂了铁桥的一个条幅，泥金纸，上角画了几枝桃花，两只燕子，款题“淡如仁兄嘉礼弟铁桥写贺”。在新房里挂一幅和尚的画，我的父亲可谓全无禁忌；这位和尚和俗人称兄道弟，也真是不拘礼法。我上小学的时候，就觉得他们有点“胡来”。这条画的两边还配了我的一个舅舅写的一幅虎皮宣的对子：“蝶欲试花犹护粉，莺初学啭尚羞簧”，我后来懂得对联的意思了，觉得实在很不像话！铁桥能画，也能写。他的字写石鼓，画法任伯年。根据我的印象，都是相当有功力的。我父亲和铁桥常来往，画风却没有怎么受他的影响。也画过一阵工笔花卉。我们那里的画家有一种理论，画画要从工笔入手，也许是有道理的。扬州有一位专画菊花的画家，这位画家画菊按朵论价，每朵大洋一元。父亲求他画了一套菊谱，二尺见方的大册页。我有个姑太爷，也是画画的，说："像他那样的玩法，我们玩不起！"兴化有一位画家徐子兼，画猴子，也画工笔花卉。我父亲也请他画了一套册页。有一开画的是罂粟花，薄瓣透明，十分绚丽。一开是月季，题了两行字："春水蜜波为花写照"。"春水""蜜波"是月季的两个品种，我觉得这名字起得很美，一直不忘。我见过父亲画工笔菊花，原来花头的颜色不是一次敷染，要"加"几道。扬州有菊花名种"晓色"，父亲说这种颜色最不好画。"晓色"，很空灵，不好捉摸。他画成了，我一看，是晓色！他后来改了画写意，用笔略似吴昌硕，照我看，我父亲的画是有功力的，但是"见"得少，没有行万里路，多识大家真迹，受了限制。他又不会作诗，题画多用前人陈句，故布局平稳，缺少创意。

瞧这一段写的，父亲对画画的态度多传神啊！

自古书画不分家，这也是传统文人的必备手艺。我私底以为，汪曾祺并非写作之余才操练书画（虽然他说过，书画只是遣兴自娱而已，那么作诗作文又何尝不是自娱呢），和写作一样，实在是因为喜欢，忽书，忽画，忽写，诗词也没有间断，各种文事从不停歇。有一幅画，画面是墨荷墨（金）鱼，大约几笔勾勒而成，题款非常有意思：“江南可采莲，鱼戏莲叶间。鱼戏莲叶东，鱼戏莲叶西，鱼戏莲叶南，鱼戏莲叶北。宋徽宗瘦金书与蔡京书实为一体，凡作瘦金书须高捉笔，不可使毫铺纸上。一九八六年以长锋狼毫题”。看看，新得一支长锋狼毫，试笔时也来这么一段，算是普及性小短文。这种瞬间的感觉，如果专门撰一篇微型文章，可能不会有如此效果，也显得单薄，在书画题款中写出来，既过了写文章的瘾，又过了画画的瘾，还过了书法之瘾，算上诗，可谓一箭多雕。“我于北京种兰皆不活，友人许君自昆明致兰二种，并授以艺兰之法，皆简便。贵州夏蕙竟于冬令著花，喜赏一日，图此为念。一九八六年十二月十日，曾祺志”。这又是一篇题在兰花图上的妙文，结构、叙事、人物相当完整。“吾乡阴城昔有双耳陶壶出土，乡人称之为韩瓶，谓此韩世忠士卒所用水壶，以浸梅花可以结子。曾祺八九年（一九八九年）十月偶写”。这篇题款上的壶稍显笨拙，壶里的梅花在枯干老枝上开得正艳。像这幅画，在画匠们笔下，只会题“梅花图”干巴巴三字（当然不是不可），不会做成小文。汪曾祺题款，焕发出另外的格调，既告之双耳陶壶出土的地点、出处和用处，又写明今人“浸梅花可以结子”的新用途。另有一幅杨梅图，题款曰：“昆明杨梅色如炽炭，名火炭梅，味极甜浓。雨季常有苗族小姑娘叫卖，声音娇柔”。这更是一篇微型美文，语感、节奏十分舒服，也像一首诗，不管你到没到过西南联大时期的昆明，读后都能感受并想象那时街市的风俗风情。在汪曾祺现存的画中，以荷花为主题的最多。有一幅荷花图却较为罕见——朱荷。汪曾祺在题款中写道：“朱荷不多见，泉州开元寺有之。弘一法师曾住寺中念佛”。这幅画也是从记忆中来。有一隶书作品：“苍山负雪，洱海流云”。跋语云：“曾在大理书此联，字大径尺，酒后书颇霸悍。距今已有几年不复记省。丙子冬。曾祺记”。这也和记忆有关。有一幅松鼠戏菊图，跋语云：“桑植天子山中有野果曰舅舅粮，亦名救命粮”。还是和记忆有关。在一幅大写意芍药图上，汪曾祺题款云：“张家口坝上有芍药山，整个山头都是野生芍药。一九九六年忆写印象。我在坝上是一九六〇年，距今三十六年矣。汪曾祺”。在一幅小品上，汪曾祺题款云：“林则徐充军伊犁，后赦归至河南，督治河工，离伊犁时有诗句云：格登山色伊江水，回首依依勒马看。此画伊犁河所见。我到新疆在一九八二年，距今十四年矣。一九九六年秋曾祺记”。画上是一束芦苇，几棵水蓼，水蓼挂着红穗，应该是秋天了。十四年前的景象，记忆犹新，可见汪曾祺对此有多么深的印象了。汪曾祺欣赏他祖父“无事此静坐”的雅兴，他静坐时脑子里不闲着，翻涌的大多是过往的文人雅趣，或落笔成文，或展纸成画。而他画上的“小文”，在中国画的题款中，可谓是一道独特的风景。

汪曾祺是纯粹艺术流，放任，自由，走到哪画到哪，想到哪画到哪，而且笔下盎然有趣，一幅《蓼花无穗不垂头》，跋语云：“昔在伊犁见伊犁河边长蓼花，甚喜。喜伊犁亦有蓼花，喜伊犁有水也。我到伊犁在一九八二年，距今十年矣。曾祺记”。蓼，即水蓼，别名很多，我们那里叫“农贡”，全国各地都有，但在南方水边更是常见植物，甚至和农作物混生，成为害草。汪曾祺这幅写意水墨画《蓼花无穗不垂头》，布局巧妙，浓淡枯涩十分传神，最出彩处当然还是跋语了，一句“甚喜”，道出了当年的心情，也道出了十年后还记之画之的缘由。一幅葫芦图，三分之二画面密密地挂满了红黄二色的葫芦，有扑面而来之势。跋语云：“电影学院一小院中种葫芦甚多，昨往开会，归来写此”。青藤也可以画的。汪曾祺在一幅倒挂下来的牵牵扯扯的青藤图上题款曰：“青藤书屋尚在。屋矮小，青藤在屋外小院中，依墙盘曲，盖是后来补植。藤下有石砌小池即天池，水颇清。曾祺记”。绣球也可以画的。在一幅绣球图上题款曰：“泰山人家喜种绣球，曾在南天门下茶馆见十余盆，以残茶浇之，花作残绿色。丙子秋，曾祺记”。

上述举例这几幅画和几则题款，都是旅途留下的记忆，汪曾祺仔细观察于心，慢慢揣摩，待心静时，一挥而就。不管何种植物，都可入画。汪曾祺画过一幅凌霄，跋语云：“凌霄不附树，独立自凌霄。丙子清明后二日。汪曾祺”。这是一张条幅，花比叶多，鲜嫩水灵，争艳开放，十分好看。

还有一些书画款识，虽只有一句话，也别有意味，抄录几条。一幅松鼠葡萄图，题款云："曾在张家口沙子岭葡萄园劳动三年"。在一幅写意牡丹上题"提前三天过六十八岁"。在一幅花卉小品上题"闻大青山人云，山丹丹开花每历一年增加一朵"。在一幅茶花图上题款云："画茶花不师陈白阳，几无可法，奈何奈何"。

最后我想再说一点，汪曾祺的书画题识别有趣味，画画用色也是随心所欲，他在小说集《晚饭花集》的自序里透露写作的气质时，拿画画做比喻："倪云林一辈子只能画平远小景，他不能象范宽一样气势雄豪，也不能象王蒙一样烟云满纸。我也爱看金碧山水和工笔重彩人物，但我画不来。"笔锋一转，说："我的调色碟里没有颜色，只有墨，从渴墨焦墨到浅得象清水一样的淡墨。有一次以矮纸尺幅画初春野树，觉得需要一点绿，我就挤了一点菠菜汁在上面。"用菠菜汁当颜料，还不算什么，有一次给邓友梅画白梅花，点的梅花白，竟然是牙膏。邓友梅在《再说汪曾祺》里就记录了此事："十几年前，我有天收到个大信封，一看地址是他寄来的。赶紧打开看。里边是一幅画，画的铁干梅花。树干树枝都是墨染，梅花是白色。是所谓‘腊梅’。画中夹着个字条，上边说：‘你结婚大喜我没送礼，送别的难免俗，乱涂一画权作为贺礼。画虽不好，用料却奇特。你猜猜这梅花是用什么颜料点的？猜对了我请吃冰糖肘子……’我跟舞燕猜了两月硬没猜出来。有天开会见到曾祺。我说：‘我们猜到今天也没猜出来。肘子不吃了。告诉我那梅花用的什么颜料吧！’他冲我龇牙一笑，说：‘牙膏！’”

汪曾祺的书画，和他的文学作品一样，算得上是“一棵树的森林”，有独特的韵致和格调，只是到目前为止还没有被重视。也许要不了多久，他的画也会让批评家们不惜笔墨的。而他书画上的一篇篇别样的题款，更是一篇篇妙文，不知即将要出的《汪曾祺全集》里，有没有把这些“题画文”收进集中。

2016年10月28日上午初稿于北京五里桥

草房荷边小筑

一本小书的封面题字和插图

在旧书摊购得一本小书《达吉和她的父亲》，确实够小，只有91页，是一本电影文学剧本，内收一部同名短篇小说。该书出版于1962年3月，1963年10月第二次印刷，作者高缨，出版方为上海文艺出版社。一本书，电影剧本和小说同收，当代也有不少人做过，冯小刚、刘震云、刘恒就出过类似的作品。

让我对这本小书感兴趣的，并不是剧本或小说，而是它的封面题字和插图。封面题字是大书法家沈尹默。沈尹默我们都知道的，他和鲁迅、周作人等现代文学大师都是好朋友，在北京大学时，还是朱自清、俞平伯等人的老师，学问不用说了，书法更是了得，在同辈人中出类拔萃。他不仅在现当代中国书坛是领军的大师，就是放在书坛历史里，也能排得上号，前浙江美术学院陆维钊教授在评价沈尹默的书法时，说他的书法“之境界、趣味、笔法，写到宋代，一般人只能上追清代，写到明代，已为数不多”。他的著作有《二王法书管窥》《历代名家学书经验谈辑要释义》等，还出版有多种书法集和字帖，如《沈尹默法书集》《沈尹默手书词稿四种》《沈尹默入蜀词墨迹》等，另外还有诗词著作《秋明室杂诗》《秋明室长短句》等。这本书的封面题字，行草横书，七个字搭配匀称，亲切柔和，流畅自如，体现了一代大家的风采。插图更是有话可说，薄薄的一册小书，竟配了五幅，作者为王仲清。观其插图，画家的用心和用力跃然纸上，线条极精，疏密有致，勾画准确，人物表情各异，且特别生动，人物和人物间互相照应，静物、动物均充满质感，一顶草帽，一盏油灯，一只纸篓，一本打开的书，雨伞、坛子，包括富有民族特色的服饰，都看出作者在谋篇上的铺排得当和在细节上的精雕细刻。虽然是黑白画，却能处处感受其艳丽的色彩和自然的风光。

从前的插图本，和当下的有些不同。记得人民文学出版社出的“名著名译插图本”的大型丛书，不仅译者是丰子恺、朱生豪、冰心这些文坛领袖，插图也都是精美的原版原插。比如《呼啸山庄》里的十余幅插图，就是选用原书的精美的版画，构图和线条特精，人物形态也十分生动，书一拿到手，先看插图，也是一种享受。当年黄永玉为汪曾祺的小说集《邂逅》插图，也是精美的版画，是受了时风的影响的。读者购书，一方面考虑的是书的内容，另一方面，对装帧大方、散发出文化气息的书也情有独钟，如果能从书封、书底、前言、后记以及插页图画中看出书外的信息，则更是喜不自禁了。

《达吉和她的父亲》所用插图另一个高妙的地方，不是采用电影的剧照，而是另请名家手绘，也体现了出版者的用心。该书的作者高缨，我对他了解不多。从作者1961年所写的后记看，这部电影的导演是王家乙，电影在全国放映后，“《文艺报》《四川日报》《电影文学》《四川文学》等报刊，开展了热烈的讨论”。再加上作品所反映的是大凉山地区，可以推测作者是四川人。作者所描写的内容为“民族大团结”，但从小说艺术的层面看，还流于简单和模式化。

但是，这本小书的封面题字和插图，还是有其欣赏价值和美学意义的。我喜欢这部小书，也是基于此。

2005年10月6日晚

瑞雅阁

在连云港市文化市场斜对面，有一间经营古代瓷器和现代名家字画的瑞雅阁。别看瑞雅阁门面不大，招牌也不显眼，在业内的名气却非常响亮，常常引得本市及鲁南、苏北等周边城市的古玩爱好者和收藏家纷纷前来淘宝。特别是那些慕名而来的玩家，更是有目的地直奔主题，或直取某清代瓷器，或拿下某当代书画名家的真迹。一时间，瑞雅阁在业内声名鹊起。

由于瑞雅阁离著名画家王兵的画室只有一箭之遥，我也成了这里的常客，目睹了主人在瑞雅阁里的诸多雅事——或把玩清代雍正年间珐琅彩鹤寿延年玉壶春瓶，或欣赏刘大为、王兵等著名画家的精品力作，或品茗或清谈，既增长见识，又陶冶性情。

走进瑞雅阁，扑面而来的，是满墙的字画，有刘大为、雷正民、傅小石、尹瘦石、金大雪等当代名画家的得意之作，也有朱关田、李刚田、冯源等书法大家的真迹墨宝，更有像王兵这样中国新生代实力画家的精品力作。对目前中国画市场行情稍有了解的人都知道，王兵在当下的中国画坛已经占有一席之地，他精心构造的人物、山水，以静美、抒情的笔意，赢得了广泛的赞美，仅就瑞雅阁里的几幅作品而言，《煮茶图》既简朴无芳，又韵味十足，《山巅水田云雾中》所营造的恬淡和平和，更能让人感受到那种意存笔先、画尽意在的纯粹。难怪他在2008年入选了国内“最具市场潜力的十大画家”了。特别是近几年，王兵的作品多次入选国家、省级美展，并在《中国书画报》《天津日报》《重庆晚报》《国画家》等报刊发表和被推介，产生了深远的影响。

在瑞雅阁的橱架上，还存放着不同朝代的瓷器，一件一件看过来，有汉代青瓷罐、汉代绿釉彩鸭、西晋青瓷谷仓罐、唐三彩马、五代双龙柄盘口瓶、宋影青釉执壶、元磁州窑剔花罐、明青花开光大罐。这些精美的瓷器，给瑞雅阁增添了厚重的文化品位。而更让人惊叹的，是瑞雅阁的镇阁之宝——清康熙五彩刀马人物瓶、清康熙洒蓝釉描金花鸟瓶、清雍正珐琅彩鹤寿延年玉壶春瓶和清乾隆窑变釉贯耳瓶。这几件宝物，不但件件精美、赏心悦目，而且收藏增值潜力巨大，不少藏家都对此垂涎三尺。

如今，大多数人不再只为温饱奔波了，手里有了些闲钱，就想买点文玩放在家里，既可做装饰，也可欣赏，还能借此了解某个方面的文玩知识。所以，像瑞雅阁这样的文玩小店，一般的中小城市街面上都会有几家，它们不仅陈列商品，也把艺术的趣味和气息带给市民，感染他们，唤起他们尊重艺术的情怀。这些艺术小店，实际上就是一个小型的艺术馆。

尹湾汉简

说起连云港对于中国文学的贡献，很多人都会想起《西游记》，但那实在是淮安人吴承恩所写，我们只是借花果山得了美名。只有《镜花缘》的作者生活在板浦，为连云港人争得不少荣誉，作者李汝珍也因为一部《镜花缘》而名满天下。

但是，时间的列车行驶到一九九三年时，一部《神乌赋》的出土，让连云港文学史一直上溯到汉代。众所周知，汉赋是汉代很普遍的文体，用今天的话说，就是有韵律的散文。汉赋的特点是散韵结合，专事铺叙。它在汉代就好比今天报纸副刊上的散文，稍懂文墨的人都能写几篇。在两汉四百年间，这种文体的流行程度，也好比今天的报纸散文一样，可谓盛极一时。

现在，这部抄写在竹简上的《神乌赋》，就收藏在连云港博物馆里，是和“尹湾汉简”一同于东海县温泉镇尹湾村出土的。这次出土的汉简上，不仅有这篇汉赋，还有其他竹简和木简（竹简有一百三十三枚，木简有二十四枚）上的大量文字，四万多字，内容包括：政府文书档案、术述历谱、私人文书等。竹简上明确记有“永始”“元延”年号，其年代为西汉晚期成帝时期。一九九七年，中华书局出版《尹湾汉墓简牍》一书，较详尽地记述了出土的过程和汉简在史学、文学、书法艺术等多方面的成果。

这些汉简中，竹简有《元延二年日记》《刑德行时》《行道吉凶》，木牍有《集簿》《东海郡吏员簿》《东海郡下辖长吏名籍》《东海郡下辖长吏不在署未到官者名籍》《东海郡属吏设置簿》《永始四年武库兵车器集薄》《赠钱名籍》《礼钱簿》《神龟占·六甲占雨》《博局占》《元延元年历谱》《元延三年历谱》《君兄衣物疏》《君兄缯方缇中物疏》《君兄节司小物疏》以及名谒等。

抄写在竹简上的《神乌傅》（“傅”在汉代是“赋”的通假字），是这批出土文物中唯一的文学作品，该赋书写在二十一枚竹简上，每枚竹简长二十三点五厘米，宽零点九厘米。《神乌赋》全文六百六十余字，是歌颂太阳鸟的一篇俗赋，其风格，更接近于今天的民间文学。此赋以四言为主，用拟人化手法，讲述的是乌鸟争巢的故事：雌乌和偷盗筑巢材料的盗鸟展开了一场争斗，在血腥的争斗中，雌乌受伤严重，奄奄一息。临死时，雌雄乌生死诀别，依依难舍，其情其景，催人泪下。赋中引用了《诗》《论语》《孝经》等儒家经典中的话，富于哲理，极富感染力。

乌，是远古神话中的神鸟，又叫“太阳鸟”，或“三足乌”，化身于光明，象征着生命。王充《论衡·说日》曰：“日国有三足乌。”《楚辞章句》曰：“尧时十日并出，草木焦枯，尧命羿射十日，中其九日。日中九乌皆死，堕其羽翼。”留下的一乌系三足，传为日精。

《神乌赋》的发现，不仅将汉赋提早了二百余年，在古代文学史上具有重大意义，填补了费振刚先生所编《全汉赋》的空白，同时，在书法艺术发展史上，也改变了传统的提法，为书法发展史提供了新的资料。

《神乌赋》的书法书体为章草，严格地说，是一种没有成熟的、不规范的章草。仅从书法学意义上来看，它的价值非常之高。在已经发现的几十万枚简牍中，还没有这么用章草书体所写的文字内容；两汉的简牍帛书多为实用，像这样带有明显“书法创作”的作品，非常罕见；可以看出章草从萌芽到成熟的演变过程。

另外，这篇赋自身的书法审美价值也很高。从整体的效果来看，既具有浓厚的古朴美和神秘感，又有八分开张和草书的流利、飞动。在用笔上，它保留了篆书的古拙、圆转，给人的感觉是流畅中透出迟涩，格调古雅，气韵沉雄；在字的结构上，它的内涵丰富，有繁复的篆书、隶书结构，又有后来成熟草书的简约，所以它的每一个字都显得高古不俗。

正是因为《神乌赋》在文学及书法上的重要价值，中国连云港市博物馆、扬州市博物馆和日本每日新闻社、每日书道会于二〇〇〇年七月，出版了一册精致的《江苏连云港·扬州新出土简牍选》，《神乌赋》被全篇影印选入，让我们一睹了《神乌赋》的文章风采和书法精髓。

随着《神乌赋》一同出土的其他汉简，同样也是“稀世珍品”。仅拿《东海郡吏员簿》来说，在长二十三厘米、宽七厘米的木牍上，在正反两面，用规整的隶书，写了三千四百八十个多个汉字，它记载了东海郡太守、都尉两府和所辖三十八个县、邑、侯国以及盐、铁两个都官的一共二千二百零三人的吏员设置，包括职名、俸秩、人数。

尹湾汉简的出土，被誉为震惊世界的考古发现，出土的简牍以及毛笔、帛绣等一百多件文物，被列为国家一级文物，得到了科学的保护和珍藏。

尹湾汉简的历史价值、学术价值和文学价值举世无双，它为中国的秦汉史、文学史、档案史、军事史、术数史、简牍史、中国政治制度史等方面，提供了全方位的、有着第一手实物资料的补充。著名教授裘锡圭先生说：“就学术价值而言，对尹湾汉简牍怎么评价都不过分。”中华书局编审李解民先生还专门撰写文章，发表在《书品》杂志上，称其“将载入史册，长久地成为历史界、考古界关注的一个课题”。

2011年4月28日修订旧作

“车站街”的艺术工厂店

翻译陈秧女士事先没有做什么渲染，只是略带神秘地说，带你们到一个有趣的地方。我们问她如何有趣。她才慢慢道来：这是柏林的一个老火车站，废弃后，这里准备搞房地产开发和大型卖场，却被各类前卫艺术家们“强行占领”了，所以这里成了欧洲乃至世界的艺术中心之一。

对于这样的艺术中心，感性上、理性上我都没有什么认识，但我相信陈女士的话不会“走大扯”（方言，大差不差的意思）。同时让我想起我此前应中国青年出版社写作的长篇城市随笔《海古神幽：连云港》，在《老铁路，步行街》一章里，我着重写了建于二十世纪三十年代的新浦老火车站，那面积巨大的青石垒砌的候车室、售票厅及其附属建筑，很有个性和特色，应该加以好好地保护和利用，至少可以在这里建一个陇海铁路博物馆，可惜被拆除了。相比于柏林这个被艺术家利用的老火车站，我们实际上破坏了历史和文明的记忆，也破坏了人类发展的脉络。这样想来，对于即将造访的“车站街”，不由得多了一份期待。

事实上，“车站街”是我对它的命名。它肯定有一个真实的而且和其艺术氛围相称的名字（陈女士的工作室也在这里，她名片上应该有吧），但是我还是愿意称这里为“车站街”，这三个字让我无缘由地喜欢。在原先的候车室、售票厅、调度室、配电房、杂物间、仓库等建筑里，一家家艺术工厂店相继开张，培养了许多热爱艺术的人。我们知道西方艺术世界的开放，以及市场对个人艺术创造的默认，这种良好的氛围大约从二战结束后就形成了。从那时候开始，艺术竞起，派系林立，风格不一的大师们给艺术演进刻下了不同的印痕，创造了一波又一波的艺术神话。在柏林这样的欧洲大都市里，这种百家争鸣的艺术氛围尤其突出。当出现一个可以成为中心的艺术市场时，来自柏林、巴黎、伦敦等欧洲大都市以及世界其他地方的艺术家，便会纷纷进驻。对于处于不断迁徙、流浪中的艺术家来说，有一个兼容并包、腔调不一的舞台，更能激发他们艺术创造的灵感。所以，这里的一家家艺术工厂店，应该很有些看头。

那天我们来车站街艺术工厂店时，是参观完一家现代艺术馆以后，心里还留着对现代艺术的许多迷惑。但是，当一来到车站街，一切又是新鲜的。这里十分空旷，街道很宽，广场很大，房子很大，没有高楼，没有公交车，也没有停成长龙的车辆和川流不息的人群，有的只是一幢幢普通的却被装成颇具艺术个性的建筑。

陈女士对这里的环境相当熟悉，她先带我们去敲一幢大房子，结果，主人不在。她又带我们来到隔壁一幢更大的平房前，门前广场上稀稀落落地停着几辆轿车。从外观可以看出来，这幢平房的前身应该是仓库或候车大厅，现在被隔成许多间艺术工作室，每间的门上都写上名称，字体相当简约，一点也不花哨。我们停在一扇紧闭的门前，陈女士上前敲了敲门。开门的是一个年轻而英俊的先生，他热情地迎我们进来。甫一进屋，气象陡然一新，室内同样空旷，迎面墙上挂着一排物件，地上更是奇特地做了一个鸟窝，那是一个喜鹊窝，完整的（不是天然的而是人工制作的），形象而逼真。围着鸟窝的是一圈圈德文。偌大的空间里，可称为艺术品的，就这两种。陈女士跟主人介绍我们一行五人是来自中国的艺术家后，坐在“吧台”（类似于吧台）里的另一个先生，打开了室内的灯，瞬时，景象发生了大变，挂在洁白的墙上的一片片物件，立即呈现出深浅不同的倒影，黑、灰、浅灰，形状也发生了变化。而地上的圈形文字，在灯光的作用下，也变成了白色的字体，鸟窝更是呈金黄色，闪着光泽。陈秧女士和两个德国青年交流了一会儿后，对我们说，这两个青年艺术家就是这间工作室的主人。两个青年人很热情地给我们介绍墙上挂着的物件，说这些片状的东西，都是从世界各地收集来的动物的皮。至于这组作品表现的是什么，青年艺术家没有讲，我们也不便问。说真话，艺术这东西，尤其是前卫艺术，是要靠悟的，是要靠相关的知识来提醒和佐证的，而且，每个人的领悟都不一样，这就是前卫艺术的奇妙之处。正当我们沉浸在各自的想象中时，我看到环绕在鸟窝四周的白色字母，呈旋转式动了起来——其实这不过是视觉效果，但无意中的发现，还是让我感到惊喜。两个青年艺术家邀请我们走上去，走到那些字母上去，没想到又呈现出另外的艺术形态。关于这两件艺术品所呈现出的不同的艺术形态和艺术效果，他们还专门出了一本画册，灰色硬面精装，简朴而不失华丽，售价十多欧元。我们同去的五人中没有一个画家，更没有搞前卫艺术的艺术家，但作家朱文颖喜欢两件艺术品的多元化情景，还是买了一本。

参观完这家工作室，我们又来到一家更为前卫的装置艺术工作室。偌大的空间里，有一个用各种色彩的布料缝制在一起的形状怪异的物体。主人介绍说，这是在欧洲一女子监狱参观时，得到灵感而创作的。仔细看，稍稍发现一点秘密，就是那些拉扯物体的带子（或绳索），原来是一条条女人的长筒丝袜或连袜裤。经主人允许，我们在这里参观了一圈——只不过是从物体下面穿过而已。在另一家工作室，我看到几件面料考究的服装，整齐地挂在衣架上。有男人的大衣和风衣，也有女人的连衣裙。在衣服的胸口部位，有几个弹洞，有的衣服上的弹洞是前后贯通的。这些服装是二战期间德国纳粹集中营里的。还有一块被子弹穿过的玻璃，也是二战的产物，同样被陈列了起来。在悬挂于墙的一块粗麻布上，有许多带血和不带血的洞。有的用针脚很粗的针线缝补，有的顺其自然。这是一件可以进行互动的艺术品，参观者可以拿起针线，自己缝补……这几件作品倒是可以理解——反思二战给人类造成的灾难和痛苦。我们又匆忙参观了类似于中国画家工作室的两个画室，墙上的一幅幅现代油画都破除了传统，以多视角传递出不同的阅读符号，而色彩，要么艳丽得钻心，要么暗淡得让人平静。

天色渐晚，夜色即将降临，我们参观的速度加快起来。在接下来的短短十来分钟时间里，我们又走马观花地看了四五家工作室。印象较深的，是墙壁上挂着装帧好的一幅幅“地图画”，简单说，就是一幅普通的城市交通地图，上面有公交车线路等标志，由于可供参观者在地图上插写有不同文字内容的纸片，这幅画的意义便不同寻常起来。我在画上还找到了一张落着汉字“刘采办”的插纸片。当然，更多的插纸片上是外文，我能辨别得出的，只有韩文和日文。世界各地的文字都出现在同一幅地图上，其意味是多重的、复式的，让人顿生多种联想。

由于我们来得晚了些，没有一睹车站艺术街的全貌，但仅就匆匆看过的十多家艺术工作室来看，其艺术个性非常独特，展现的内容也千奇百怪，有点类似于北京的798艺术区，但比起798艺术区，它的商业因素基本上可以忽略不计。我们参观的最后一站，是陈秧女士的工作室，这是她和朋友们合伙开办的。工作室在一处建筑的二楼，不大，除了一间小客厅和一间办公室，最吸引人的，还是那间展览厅。墙上的艺术品有着更多的中国元素，不少中国画家的作品在这里展示。我们聚在小客厅里随便喝点什么时，遇到一个身材特别高大的德国青年人，他用流利的汉语和我们交流。让我觉得吃惊和好笑的是，他居然会说许多流行汉语，比国人还运用得自然。

参观结束后，走在夜色中的车站艺术街上，感觉这里的空间好大，天很高、很蓝。这里不是交通繁华地带，也不是商业区，这里很安静、很自然。我们信步走在柏林的秋天里，落叶绊在脚下，时明时暗的灯光仿佛也很冷——是啊，秋意已经很浓了，风吹在脸上让人感到硬硬的，但心里却有种别样的惬意。在这里的感受和在博物馆参观的感受，完全是两回事。博物馆是历史、沉淀和按部就班，而这里完全是先锋、前卫和自由自在，是艺术家们施展个性和才华的地方。我想起英国作家福斯特的一句话："不识艺术，向前的路只有一条；识艺术会引发你走向很多条的路，极广阔的道路。"我想我是不识艺术的。我一直对这句话心存疑虑。我对于车站艺术街，感触更深的，是惊异。正如苏联作家帕斯捷尔纳克所说，艺术就像一注喷泉，而事实上它却是一块海绵。他们执意认为艺术应该喷射出来，而事实上它应该吸收，变得充盈起来。这句话应该反过来说，一个热爱艺术的人应该像海绵一样，吸收世界上各式各样的艺术。

2010年11月26日草于新浦河南庄

街头艺术家

在德国看到的第一个街头艺术家，是在波茨坦，无忧宫的入口处。他是吹长笛的，技艺不算差，还未见人影，已闻笛声了。笛声悠扬、婉转，是一支传统的曲子吧，如果在剧场里演奏，我或许会听进去的。可惜这是在一条嘈杂的山路上，身边除了我们这支人数不算少的队伍，还有别的游客，加之初来乍到，一双眼睛里都是异国风情，左顾右盼，已经不够用了，哪里有时间腾出耳朵听笛子独奏啊。但待到近前，看到一个身材不高的男人，穿一身说不清什么时候的古典服饰，神情专注地盯着面前支起来的乐谱架，架子上是一本打开的厚厚的乐谱，他正投入地吹奏。在他身后，是一段矮墙，墙根处还放着两本书，大约是备用的乐谱。如果不看他面前的地上摆着的一个皮质小方斗和小方斗里的几枚硬币，还以为他是哪一家专业乐团的演奏家，正在练功呢。也许在我们到达时，他正换成另一支曲子，或进入另一种情境，突然地由刚才的婉转，变得忧郁而凄凉，这从他的神情上也能看出来。我短暂地脱离我们的队伍，立于原地静听了一会儿。说真话，我对音乐并不精通，说是十足的外行也不为过，我只是对于像他这样的一个街头艺术家报以真切的敬意和景仰。在这地方，他不会赢得多少掌声和赞美，也不奢望能挣很多的钱财。他之所以在深秋的寒风中展示自己的才艺，多半还是因为对艺术的热爱吧——如果乐团已经没有他的位置，如果他已经失去了在更高级的殿堂展示自己的机会，在波茨坦无忧宫这个举世闻名的圣殿前，抒发他对音乐、对艺术的忠诚，又为何不可呢？尽管，我听不懂他演奏的是什么音乐，作为一个都市流浪艺术家——权且这样认为——他的漂泊不定的灵魂，他的孤独和寂寞，一定随着他绵绵不尽、悲欢交织的音乐，而传递到更广阔、更辽远的空间，让更多人感同身受。或者说，他和他的音乐，就是司空见惯的真实的生活，就是世界的一部分，凝结着日常、琐碎和忧郁、悲伤，和生活、环境、心灵融为一体。

柏林的博物馆岛的艺术长廊里，也有一个吹萨克斯的艺术家，相比较无忧宫前演奏的那一位，他的面相有些模糊。萨克斯的音响或许分贝过高，我并没有听出节奏和旋律，也许是他选择的地点不对吧——在五座闻名遐迩的博物馆间演奏，已经感受过世界顶级艺术之后的参观者，谁还有心在意一个街头艺术家的演奏呢?

慕尼黑有许多弯曲的街巷，长长短短，岔口很多。在小街上的岔口或弯曲处，不期然地，会遇到这样的艺术家，有的是单独演奏，也有两个人、三个人组成一个小型乐队共同合作的，他们都是一样专注、职业。离慕尼黑市政广场不远的一条巷子里，就有一个“三人团”，一个拉小提琴，一个拉大提琴，还有一个吹笛，他们真的有模有样，从他们面前的乐谱上看，演奏的应该是完整的曲子。在他们的脚边，还有一个公文包，上面摆着几张碟片，那应该是他们的作品了。我猜测，也许头一天，他们还是某专业乐队的演奏家呢，今天失业了，就把表演的舞台搬到街上来。

和这种演奏不一样风格的表演也有。十月三十一日在特里尔市马克思故居前一条长长的老街上，有一群人在街道一侧高声演唱。他们横排成两行，装束休闲，手里拿着各色各样的“乐器”，有一只碟子、一只铁桶、一个罐头盒，还有一本书，什么都有，什么都可以充当他们伴奏的乐器，他们的表演虽不能算专业，但齐唱、合唱、二重唱、三重唱，高、中、低音，还有和声，把合唱艺术里的所有形式都表现过了，而且一边唱一边敲一边扭动着身体，活泼而随意。德国人讲究成本，他们这么一个大合唱团，面前也只有一个供人扔钱的容器。要是把这么多人分成若干个小团队，不是收益更多吗？呵呵，也许他们并不是为了钱，也许他们只是表明这种存在的方式，谁知道呢？

也是在这条街上，看到好几个装成雕塑模样的行为艺术家。他们有的装成中世纪的骑士，有的装成公主，有的装成小丑，浑身上下都涂上色彩，有全白的、全红的、全黑的，还有铁灰色的，如不留神，还真以为是街头雕塑呢。有一天在科隆大教堂附近，我看到一个下班的“骑士”，还没有卸装，他拦住另一队中国游客，嘴里友好地喊着“长城”“天安门”“China”，还表演一套中国武术，极其亢奋和快乐。

科隆大教堂门前广场上，还有表演魔术和画画的艺术家。因为这天是万圣节，广场上有不少孩子在玩耍。我在广场上闲逛时，看到一个魔术师正在为一个四口之家表演。魔术师的动作流利而熟练，他先向两个小朋友展示一本书，哗哗哗地翻一遍，全是白页，然后合上书，把一根小魔棒递给小女孩，示意她在书上敲一下。小姑娘大大方方地在书面上一敲，再把书打开时，书里全是线描画。魔术师又让小男孩拿着橡皮在封面上擦一下，打开书时，线描画全变成了彩色的。两个小家伙又高兴又吃惊地看着自己的父母，似乎在问，这是怎么回事啊？相比玩魔术的趣味，画画的艺术家就要辛苦多了。我看到有两个广场画家，半趴半跪在地上，手里拿着画笔，在偌大的画布上涂抹。那天特别寒冷，气温在0℃左右，我看到那个女画家的清水鼻涕都被冻得流下来了，但是她依然一笔一画，极其认真。这张画至少有三米见方的样子，可称得上是巨作了，到目前也只是半成品。我担心她在天黑之前不能完成。在画的四个角上，都有一些硬币，那是不同的欣赏者丢上去的。

在德国的二十多天里，经常会看到这样一些带有流浪色彩的艺术家。我对他们的感觉是，他们不一定是为了生活，在一定层面上，一方面是在展示自己的才艺，另一方面，也是一种生活的形式，或个性的流露。比如有一次，还是在柏林的时候，我们的大巴在一个路口等绿灯，一个马戏团小丑装束的男子敲司机恰巴的车门，意欲上车为我们表演。他在被恰巴拒绝后，表现得十分友好，以小丑的表现形式，笑容可掬地给我们敬礼，还指挥恰巴的大巴过马路，心态极为放松，让你没弄明白他表演究竟是为了什么。

2010年11月30日晚，写于新浦河南庄寓所

“现代艺术街”现场

“现代艺术街”是我给它取的名字，真实名称叫什么，已经记不清了。翻译兼导游陈秧女士也是临时起意，带我们到这里来的。当时，大巴车正从这里经过，陈泱女士拿起话筒，操一口地道的普通话说：“在我们左边的这幢建筑，是柏林年轻人常来的地方。这里可以说是一个现代艺术的基地，许多前卫艺术家在这里都有自己的工作室或艺术展示，大家要是有兴趣，可以下来看看。”

兴趣当然有啊，而且这座被修修补补变得花里胡哨的建筑，也让人好奇。果然，陈女士又介绍了，说这幢建筑二战前原属于一个犹太人，二战中被毁坏得相当严重。二战后因为缺钱而没有重修。二十世纪七八十年代，这里被一群前卫艺术家“占据”，用来创作和展示自己的艺术成果。东西德统一后，艺术家们在这里更有了展示才华的机会，他们的作品已经得到了主流艺术界的认可，不少作品还进入了德国的各大现代艺术馆。但同时，他们也面临着生存的压力。主要原因是，这里的破败的荒凉已经和现代城市的发展合不上拍，需要拆除重建。但是，已经进驻这里多年并把这里当作创作基地的艺术家们并不想走，他们觉得这里的环境和气质，已经融进了他们的艺术精神。

我们参观时已近黄昏，城市在特别闲适的色彩中近于安静。我们一进入现场，还是被一种怪异的艺术气场所感染。整个现场不大，也不小，包括那块自然“河谷”，也就有三四个篮球场那么大吧，但却显得特别拥挤，各种艺术品摆在院子里：有一辆破汽车，样式有些像我国二十世纪七十年代跑在农村公路上的那种“票车”，只剩一个壳子了，上面涂上乱七八糟的图案；一个拖拉机头，也被“涂脂抹粉”一番，在它身边，靠着几块高速公路的护栏板，这件艺术品，我的猜测是高速公路淘汰了旧有的运输工具，突出了“时间”的概念；还有用一条条锈迹斑斑的破铁皮焊制的一堆火苗，熊熊的大火正向上燃烧；有一个用生锈旧铁器焊制的人形物体；一顶用各种形状的废铁器件制作的巨大的皇冠……各种艺术品还有很多，我感觉就像我小时候在一个乡村集镇上的废品收购站后院里看到的景象一样：堆得到处都是破烂，一破麻袋头发，一堆苍蝇纷飞的猪毛，一堆大小各异的臭胶鞋，墙根一排朽烂的木箱里更有奇形怪状的以铜、锡、铝、铅等金属为材料的旧器皿。所有这些破烂堆集在一个杂草丛生的旧大院里，发出怪异的气味。如今，这些破烂已经从二十世纪七十年代的中国乡村转移到如今现代化的德国了，这里的破和烂，和那家乡村收购站里的景象相比，可以说有过之而无不及。

我不知道先锋艺术发轫于何时何地。我只知道，在一九一七年的某天，有一个叫马塞尔·杜尚的艺术家，把在市场上淘到的一个小便器取名为《泉》，送到某艺术机构展览时，获得了轰动的效应，由此开了颠覆传统艺术理论与思想观念的先河。人们开始重新审视艺术，重新审视艺术的功能，并开始对艺术有了多重的界定。不久之后，还是这个杜尚，帮助另一位现代主义大师萨尔瓦多·达利完成了举世震惊的《带抽屉的维纳斯》。这座雕塑的象征意义多于现实意义。用今天的眼光来看，两位艺术家走到一起并成为朋友并不奇怪，因为他们都坚信，作品体现的观念远比形式重要。或许是受这座雕塑的影响，达利又完成了更为惊悚的《人体抽屉》。面对这个作品时，观赏者发现，它既不是完整的人体，也不是用来装物的抽屉。“抽屉”在“人体”的胸和腰部，共有五个，都呈半打开状态。当我们站在这个作品前，该怎样欣赏呢？这当然取决于我们是以什么样的思想和视觉来切入、判断，以此得出它意味着什么，或表现着什么。经过时间的考验，这个作品已经被越来越多的艺术家所接受，原因是，它并不是无厘头之作，而是在宏大的文化背景下创作的。当然，每一个观赏者会有自己的欣赏角度，而得到的感悟也是不一样的。

我们在“现代艺术街”现场参观，面临的也是完全不同的艺术冲击。一件平凡的物件，艺术家都可以拿来做成艺术品；一件普通的物件，都可以体现它的艺术价值。我见到一个现场创作的艺术家，他个子不高，也就一米五几吧，正在他搭建的工作室前面的那一堆艺术品中间，聚精会神地创作。他是在一把带柄的铁锨上，又焊接上一把铁锨。普通人看来这有些多此一举。但是两把呈直角的锨头，我的猜测是，它们代表的应该是两种不同的身份和功能，表达的含意也是完全不同的。对于面前这个满脸胡须、戴一顶脏兮兮帽子的艺术家，我也用一种敬仰之情来欣赏他。他正用砂纸打磨被染上绿色的艺术品。但是，他有些漠视我们的参观——紫砂艺术大师吕俊杰先生举起相机，欲拍下他创作现场，他用手势来制止。吕大师灵机一动，说：“我是中国的凡·高，你是德国的凡·高。”还向他竖起大拇指。这下他高兴了，还摆着造型，让吕大师拍了几张。这当然是花絮了。

艺术街现场还有许多搭建的棚屋。这些棚屋，什么材料的都有，有铁皮的、木头的、水泥板的，大多是些混合材料。棚屋里有的是艺术装置的展示，有的是艺术品的展示，有的是雕塑式的，有的是绘画式的，更多的是混合式，有的还配以音响和灯光，可以切实地感受艺术家们带给我们的艺术的冲击。在观赏这些作品时，我想，如何对他们的作品加以判断、加以理解，他们的作品是因为太丑而美，还是因为太美而丑。或者，它们是因为太过恐怖才成为天才之作，还是因为本身就是天才之作才成为艺术。我知道这样的思考毫无意义。我只知道，他们都是迷恋艺术的纯粹的艺术家，他们的作品也是纯粹的作品。这些作品的力量，不仅来自艺术本身，其实在某些意义上，既来自敢于想象，也挑战了固有个人的智慧，既超越了观赏者，也超越了作者。因此，他们（艺术家）和它们（艺术品），都是崇高的。

2010年12月8日下午急就

茅盾墨迹

二〇〇九年春，在东海县作协主席、诗人殷开龙先生书房里看他写字，并与他喝茶闲谈。墙上的一组书法小条屏，引起我的注意，细看，原来是我国著名文学家茅盾先生的书法作品，我在十分惊讶之余，也大开了眼界。

据条幅上的落款，得知该条屏是茅公一九七五年元旦书赠戈宝权及夫人培兰先生的。戈宝权是我国著名的外国文学研究家和翻译家，也是著名藏书大家，自幼就喜欢读书、抄书、钉书，信奉"房子是一块砖头一块砖头造成的，学问是一本书一本书读成的"。戈氏藏书以俄国及其他民族文学史料、一九〇〇年前后东欧作家作品及当代作家签名本为主要特色，仅原版外国文学就多达二万余册。

他在《我的“万卷书斋”》里说：“我终日生活在书堆中，工作在书堆中，寝睡在书堆中。”茅公和戈宝权是老友，早年在上海就多有交往。这组小条屏的内容是“南腔北调话家常，眉黛口红斗靓妆；昨夜东风来入梦，横塘十里桨声狂”，“微醺春透双蛾，欲语还休，旁顾回眸低头。忽问相爱何如相妒”。

杜甫有一句诗，叫“书贵瘦硬方通神”。我每每翻看书帖，如欧阳修、宋徽宗等的书帖，就会想到这句诗。茅盾的字，似乎也有点“瘦硬”的味道。在我的书架上，有不少茅盾题签的作品集，像《文学论集》《回忆鲁迅的美术活动》等，还有《小说月报》《民族文学》这样的名刊也是他题签的。茅盾题签的书名，其特色都是线条坚硬，落笔干净，清隽秀逸。但是“瘦硬”只是我的感觉。在我读过的关于茅盾书法的鉴赏文章中，几乎都认为他取自“瘦金体”。其实，茅盾本人并不这样认为，在《尘封的记忆——茅盾友朋手札》里，有茅盾和施蛰存的数封通信，施先生也认为茅盾的字“大有瘦金体笔意”，“欲乞先生为书一小条幅”。此信写于一九七九年，茅盾已经八十三岁高龄，他在回信时说：“我的字不成什么体，瘦金看过，未学，少年时曾临董美人碑，后来乱写。近来嘱写书名、刊名者甚多，推托不掉，大胆书写，都不名一格……”《董美人墓志》是隋代楷书中的精品，布局缜密严谨，笔法粗劲含蓄，秀逸疏朗，淳雅婉丽，茅盾的书法作品里，果然透出这样的笔致。

纵观开龙先生收藏的这幅字，整幅作品大多字字独立，每字之间，虽无缠绕形迹，却字字呼应而“血脉”未断。有人评价，“茅体”“清瘦而骨肉停匀，内敛而自由舒展，洒脱而起止有度”，在这幅字里也大有体现。该墨迹取竖式立轴形式，凡六行，并夹有小字说明：第一首诗之后是“所见四五年作于重庆”，第二首的“所闻四七年于上海”，可能是答戈宝权先生信里的问题。茅盾是文学大师，十分谙熟“对立统一”规律，就像创作小说一样，善于创造冲突，却能“举重若轻”，或“举轻若重”，丝毫不见经营的痕迹。不过，茅盾毕竟不是书法家，书法创作难免瑕瑜互见，比如说妩媚有余，蕴藉不足，略显平淡，章法上也不甚讲究，出锋尖细，线条纤细，每字整齐划一。然而，茅盾的书法毕竟充满着学问之气，郁郁芊芊，清逸出尘，这正是学者书法的魅力，所以，才有像巴金、施蛰存、周而复、戈宝权这样的大名家跟茅公索字，以获得他的一幅墨宝为幸。（查查黄裳的《珠还记幸》。）

我每每在开龙先生书房小坐，忽然一个抬头，一个转身，看到茅盾的这幅书法，都要细细品味一番，每一次都会得到不同的享受。

《全国书籍插图选》

有些书籍，会莫名其妙地喜欢。这本《全国书籍插图选》就是“莫名其妙”中的一种。在整理图书时，我喜欢把百看不厌的图书归拢在一个书橱里，目的就是可以随手拿出来翻翻看看。这些书，至少要有两个优点：一是随时随地可以翻一翻，不动脑子就能得到某种愉悦和享受；二是翻过了还想翻。《全国书籍插图选》就是非常经翻的一本书，仅看一幅幅各种风格的插图，就会连带着想象这本书的模样，想着是小说呢，还是散文。如果坊间正好有，便还会去找来看看，以证实刚才的猜想。一时如果找不见，还挺急，甚至影响接下来的工作。

现在，很难看到书籍当中精美的插图了。记得早先读

《红楼梦》，看到戴敦邦的插图，常常是停下来，对着图玩赏半天，心里还巴望着下一张插图的出现，读书的时候，脑子里也就老有画面感，想象着大观园、怡红院、潇湘馆里的景致和主人的行状。还有《牛虻》《钢铁是怎样炼成的》《幻灭》等国外名著中，那一幅幅精当的插图，总是我们阅读的重要内容。有时候买书，也是被书中的插图所吸引，数一数有几幅图，图多的，自然成为优选对象。人民文学出版社和上海译文出版社曾联合组织出版过一套多卷本的“外国文学名著丛书”。这些名著中，有不少就是插图本，少的有七八幅插图，多的有二十多幅插图，这些插图无一例外都是名家所作，其中就有张守义、丁聪、高燕、程十发等人的插图。那时候，名家搞书籍装帧和插图，是常有的事，他们也会把插图当作自己的重要创作。1979年，中国美术家协会还专门搞过一次“全国书籍装帧艺术展”，展出插图、书籍装帧作品达千余件，可见那时候对图书插图是多么的重视，读者也是多么喜欢“插图本”。

《全国书籍插图选》（湖南美术出版社，1981年出版）就是那时候出版的，可以说是顺应了历史的潮流。这本小册子收录了八十五位作者的百余幅插图，油画、国画、水粉、木刻、线条等各种形式都有，有不少还是名家新作，程十发的《西湖民间故事》和丁聪的《骆驼祥子》均栩栩如生，体现了作者的功力和态度。

与《全国书籍插图选》相辉映的，是一册《老插图新看法》（广东人民出版社，1998年5月出版），收外国文学插图百余幅，和前者不同的是，每一幅插图都配有和插图相关的文字，是“一种崭新的关系，互动、互读、相得益彰”。正如该书自序所说：“既无写插图史的雄心，也无重评经典的野心，百篇小文不过因书而来，有感而发，率性而作，平心而论。”

需要说明的是，书籍插图和如今的图文书是两回事。

《黑白木刻选》

在现代艺术史上，黑白木刻这门艺术，专门出集子的，较早要算鲁迅、郁达夫、叶灵凤、赵家璧等人写序、出版于二十世纪三十年代初的麦绥莱勒连环画故事，由良友图书公司影印出版，分别是《一个人的受难》《我的忏悔》《光明的追求》《没有字的故事》。这套书在山东画报出版社1999年重新出版时，又补进了一本《城市》，是由王琦作的序言。木刻原是中国的国粹之一种，早期的图书，都是由刻工雕在木板上的，一页页刷出来再线装成书，称“雕版印刷”，书中的一幅幅插图，也是这么雕刻出来的。扬州广陵书社至今还保留这一古老的技艺。而扬州的中国雕版印刷博物馆就是在广陵书社收藏的雕刻书版的基础上筹建起来的。

出版于1977年的《黑白木刻选》（上海人民出版社）是一本透着浓郁时代特色的小书。书中的木刻作品，有领袖题材，比如《亲切的教导》《人民的好总理》等，也有风景名胜，如《湖高接碧霄》《春闹五指山》等，但大多数是反映和歌颂各种劳动场面和建设成就的，如《接过铁人的刹把》《铁牛列阵上战场》《高原形势无限好》《广阔天地绘新图》《革命代代如潮涌》《开门办学花正红》《赤脚兽医》《干一行，爱一行》等。这些作品中的人物，人人都是面带微笑、精神抖擞，和他们形成辉映的是作品中的那些标语口号："为革命节约一粒料""农业的根本出路在于机械化"。这样的画面和口号，无不让我们想起那个时代。这本《黑白木刻选》当然不是我读初中时买的了，它只是让我在写这篇短文时，回忆起了那段时光。舍间为何会有这本书，应该是我在旧书摊上淘来的。多年以来，我喜欢逛旧书摊，遇到适宜的书就选几本，特别是些文艺方面的杂书闲书，看到的，一般不会放过。

读鲁迅的书，知道那时候搞过一次"全国木刻联合展览会"，时间是在1935年1月5日，地点是在北京的太庙，在北京和天津同时产生很大的影响。这次展览吸引了当时不少文化界名人，朱自清也去看了。在当天的日记中，朱自清写了对这次木刻展览的心得："青年艺术家们对工农业颇有好感。我对此种艺术并不熟悉，故不太会欣赏。不过在展览会上有机会读到比利时人梅塞里尔（Maserreel）（1889—？）的四部著作，每部作品前都有序，我读了这四篇序言后，对木刻总算有了些印象。序言中说以白线条代替黑线条，这种艺术效果和手法是英国人倍威克（Bewick）（1753—1828）的创造，而梅塞里尔的作品中受此影响是明显的。"这次木刻展览，虽由平津木刻研究会金肇野、唐诃、许仑英等发起主办，却得到了鲁迅和郑振铎的大力支持，更为重要的是，第三展室西洋现代版画就是由鲁迅所选（第二展室中国古代木刻及图书由郑振铎所选）。在当时，鲁迅和郑振铎可以说是这方面的专家，在木刻收藏和推广方面起着导师的作用。特别是鲁迅，他在晚年大力提携、推广年轻人的木刻版画，尤其对青年版画家，更是关怀，经常和青年版画家座谈、交流，他本人也收藏了不少木刻作品。

和《黑白木刻选》对照阅读的，是山东画报出版社

2002年出版的《激情时尚——70年代中国人的艺术与生活》，书中以大量的图画，反映了那个时代的基本面貌。卢跃刚先生在这本书的代序中说："21世纪网络时代的青年人读这些图画可能会忍俊不禁，甚至嗤之以鼻，但是，对于我们这些经历过70年代的人来说，却是一段真实的生活。我们就是画中人……"

这本《黑白木刻选》可以称道的地方还是在艺术手法上，有刻工细腻的，有粗犷稚拙的，有注重情怀的，也有注重感观的。技法和造型是木刻的两大要素，从这本书里，我们能够了解个大致了。我的家乡东海是全国著名的"版画之乡"，出过彦涵、周兴这样的艺术大家，还有曹明凤这样多次参加过国展和各种艺术展的后起之秀。我喜欢版画，也乐于了解这方面的技法及相关知识，舍间这方面的藏书也不少，可能与我是东海人有点关系吧。

《吴昌硕篆刻选集》

据我所知，当代许多篆刻名家都绕不开吴昌硕先生。

吴氏篆刻，初学浙派，继承邓石如、吴攘之两大家，以后章法，又参考了石鼓文、秦汉玉玺、泥封、砖瓦、汉篆文字等特点，创造出了“出峰钝角”的刀法。他的篆刻作品，能在秀丽处显苍劲，流畅处见厚朴，往往在不经意中见功力。（《吴昌硕篆刻选集·前言》）

吴氏是晚清和民初的书法、绘画、篆刻的一代宗师，能集中欣赏他数百幅篆刻作品，真是眼福不浅，所以，我常常在灯下把玩、欣赏《吴昌硕篆刻选集》，不忍释卷。集中的第一幅作品，是他31岁时所作，叫“骑虾人”。虽可以望文生义，但我还是想不明白，虾，是如何能骑的呢？这枚印章的主人一定是个爱虾之人，而且擅长画虾，才得此绰号。我不是书画收藏家，对这方面缺少研究，但我还是想知道这个“骑虾人”是谁，能有这么一个绰号的人，一定不是凡人，或超凡脱俗，或放荡不羁，其成就必定巨大，否则，也不敢劳吴昌硕为其治印。据此，我想象着“怪客”的模样和日常的状态，想象着那些千奇百怪的虾……像这种引人遐想、让人猜度的印章还有很多，如“迟鸿轩主”“化度书楼”“家近烟雨楼”“还砚堂”“锲不舍斋”“徐士丰过眼”“暴书榭”“费君直审定金石文字”“西蠡所藏”“积跬庐”“就里沈卫”“经涉虎庐”“徐氏子静秘笈”“子静平生珍藏”“必达达斋记”“蕉研斋”“适梦草堂”“千寻竹斋”“怡怡室珍藏”“诒砚斋”“泰山残石楼”“丽堂”“节堂”“安庐”“晏庐”“松管斋”“褚回池”“薮石亭长”“心陶书屋”“海日楼”等，每一枚印章，都是一部传奇，都是一部大书。

吴氏活了83岁，算是高寿了，晚年的作品，更是简约而秀雅。他在76岁时治的一方印，是为海日楼主人而作“海日楼”，收录在该集的最末，边款记曰：“己未秋为寐叟刻于海上”，告诉了我们创作的时间、地点以及为谁而作。对于这位海日楼主人，我倒是略有了解，他就是沪上著名文学家、藏书家沈曾植先生。沈曾植，字子培，晚号寐叟。“补白大王”郑逸梅先生在《艺林散叶》里有专门介绍，云：沈曾植少时家极贫，兄弟四人只一袭长衣，每出门辄更易穿之，又无袜，常赤足，故一生不习惯整洁，不修边幅。《孽海花》第十一回：“忽见院子里踱进两个人，一个是衣服破烂，满面污垢，头上一只帽子，亮晶晶的都是乌油光，却又歪戴着……走近一看，认得前头是荀子佩，名春植。”此荀子佩即影射沈子培（曾植）。那么沈氏又有多少藏书呢？也有典故：沈曾植居沪上新闸路，曰海日楼，屋数间，纵横皆书架。客至，不知主人何在，必高声呼之，叟自书丛中伛偻而出。从一本《吴昌硕篆刻选集》里，透过吴氏的一枚枚精品，在欣赏其才艺的同时，能够顺带联想到文艺大家的趣闻逸事和掌故传说，倒是一种意外的收获。

该集的体例，也是按作者创作时的年岁而编排的，这为了解吴氏在各个时期的刀法和章法的演变，提供了直观的线索。

朋友陶先生是画家，也治印。有一次在他画室聊天，问他治印受谁的影响最大，他开口就说了吴昌硕。我恰好对吴氏稍有了解，再听他对吴氏印观的解读和破析，深有心得，偶尔的插话和补充，也博得了他的欣赏。画家一高兴，答应要为我治一套印，这也是要感谢吴氏和《吴昌硕篆刻选集》的。

《莎士比亚画册》

这本画册出版经过，本身就是一个传奇、一个佳话、一个掌故。

说是大出版家范用先生，二十世纪六十年代，在他供职的出版社大楼里打扫卫生，无意间在垃圾箱里看到一批废弃的玻璃图版，还有一份图版所打印的纸样。范用先生一眼看出是莎士比亚戏剧里的插图，画稿特精，纸样打印也清晰，特别喜欢。既然是“垃圾”，命运可想而知。范用就把它捡回家，精心贴在一本笔记本上珍藏了起来。到了二十世纪七十年代末期，范用带着这批插图去访问原图的收藏者葛一虹先生。葛看后十分激动，便在粘贴本的每页空白处写上说明。此说明也好生了得，是根据朱生豪先生莎剧翻译本抄录的。这本《莎士比亚画册》，就这样保留了下来并和读者见面了。

我在三十多岁的时候，在一家艺术研究所做过一段时间的舞台剧专业编剧。那时我开始大量阅读莎剧，虽是囫囵吞枣，总算是对莎剧精髓略有所知，不过，人民文学出版社出版的十卷本《莎士比亚全集》连一张插图都没有。很多年后再读《莎士比亚画册》，总会联想到读剧时的情景来，再和插图上进行对照，有时具体的情节对应不上，还会捡出《莎士比亚全集》，重新找出那段文字来再读读。后来在北京戏剧学院的小剧场里看过一场学生的毕业演出，演出的剧目恰巧是《罗密欧与朱丽叶》。因毕业演出的学生全是新疆班的毕业生，他们的长相有点西方人的特点，加上服饰也有英国那个时代的特色，和《莎士比亚画册》里的图集倒是非常相像。

河北教育出版社曾于1998年出版一本《莎士比亚画廊》，所使用的母本，也是出自葛一虹先生的收藏。该书装帧、印制十分考究。葛一虹在后记中有一段关于英国画家创作莎士比亚戏剧插图的介绍：

威廉·莎士比亚（1564—1616）是英国文艺复兴时期伟大的戏剧家和诗人，他一生创造了无数人物，写出了社会各阶层许多复杂的情事。十九世纪英国著名皇家科学院的艺术家莱利斯（C.R.Leslie）、麦克利斯（P.Maclise）和库普（C.W.Cope）等从他的剧本和诗作中汲取题材，以绘成图画，而由罗斯（C.Rolls）和夏普（C.W.Sharpe）等能工巧匠精雕细刻制成一幅又一幅的版画。《莎士比亚画廊》除了莎士比亚的肖像、雕像、环球剧场和一首十四行诗，都是莎翁笔下栩栩如生的戏剧人物，他们的衣着佩戴表现出各自的身份，他们或喜或悲的神情也透露了出来，当与浮云、树林、城堡和宫殿等场景交织在一起时更营造了一种特定环境的浓郁气氛。

名剧《哈姆雷特》戏中戏的那一幅，王宫里聚有男女老小三四十人凝神看小戏台上的演出，各有不同的表情，哈姆雷特的沉思、国王克劳狄斯的恼怒跃然可见，似可感触一般。再如描绘《第十二夜》一剧中奥丽维娅掀开面纱瞬间，一个端庄面带少女含羞的可爱形象便出现了。这之外，还有奥赛罗、李尔王、夏洛克、朱丽叶等等，真是美不胜收，百看不倦……

《莎士比亚画册》（山东画报出版社，2002年1月出版）的出版，可以当成《莎士比亚画廊》一书的普及本或精选本。弥足珍贵的是，该书的说明文字是依照葛一虹当年书写在范用笔记本上的手稿制版的。

2006年4月24日

绣像本《二度梅全传》

《二度梅全传》石印本，凡四卷四十回，分装四册，由上海育文书局印行于民国六年（1917）。该书有短序一则，序于“光绪十八年（1892）孟冬月”，署“淮海居士”。查孙楷第《中国通俗小说书目》，记载云：《二度梅全传》六卷四十回，益秀堂刊本。五云堂刊本。题“惜阴堂主人编辑”，“乡虎堂主人编辑”，“绣虎堂主人编”。石印绣像本《二度梅全传》显然刊于益秀堂刊本和五云堂刊本之后，封面签条已失，衬页题有“绣像忠孝节义二度梅”，张子文书，并印章一枚。在回目之后，插绣像八页，前四页为书中主要人物十四人，后四页为回目中主要故事情节。所谓绣像，王稼句先生在《看书琐记·绣像与小说》里云：

> 绣像本来是指刺绣的佛像或人像，因其华丽精美，明清书坊就将小说、戏曲印本里的插图也称为绣像。书坊刻书还常在扉页、卷首或牌记里用“绣梓”两字，意思相当于“精印”。如“书本与耕堂朱仁斋绣梓”、“潭邑书坊刘兴我绣梓”等等。在版刻术语中，“绣梓”要比“绣像”早得多，南宋人谢枋得《代干杜按察追索书板启》就有“布衣命薄，忘绣梓之群书”；胡一桂《上叠山先生书》也有“付之书市绣梓”。“绣像”作为插图的概念进入版刻，则已在嘉庆以后。从这个“绣”字，已可看出书坊对图书质量的不断追求。
>
> 绣像放在书里，大致有三种情形。一是在每页正文之上，下则为文，占文近三分之二，图占三分之一略多，大致画着本页故事的情节，也就是后来连环画的滥觞。二是置于卷首，往往是书中主要人物的白描画像，鲁迅在《连环画琐谈》

里说：“明清以来，有卷头只画书中人物的，称为‘绣像’。”三是插在每回起首，画的是这一章回最精彩的场景，即徐念慈《余之小说观》所谓“回首之绣像”，它有两面皆图的，有正面是图，背面是诗或杂画的，即所谓合页连式，有的数页相连为一图，有的两合为一图。至于插图的图形，有满版、有方形、有图形，使得版刻的装帧艺术呈现丰富多彩的景观。

从王稼句先生的文字里，我们大致了解了绣像与小说的意义。绣像本《二度梅全传》为小开本通行本，字体小而密，阅读较为吃力，而绣像却特别精致，人物神态特点鲜明，栩栩如生，系石印中的上品。我所得足本回卷，系在宝利藏宝楼首届收藏艺术品交流会上淘得的。据我国著名藏书家薛冰先生介绍，民国初年的精致石印绣像本，其价格每年都在以百分之二十的速度上涨。

“草书”阎揆

阎揆先生以草书擅长。我这里也“草书”一回阎揆。

我见过许多书法家，他们的“标签”都有多种，五花八门，稀奇古怪。

但阎揆似乎不需要标签，或者换句话说，阎揆身上特有的气质就说明一切了。说来真是奇怪，有一种意会叫直觉。十多年前，我初次见到阎揆时，他还是沿海某县文联的副主席，甫一见面，就有一种亲切感，而且我马上就知道他是干什么的——书法家。没错，阎揆肯定了我的猜测。可当我立马又说他是草书家时，他就不以为意了，以为我不过是早已闻其大名而已。其实我是从他的姓名上得出这样的结论的。汉字真是妙得很，无论是单个，还是组合，都有一张特殊的面孔，都会传递出一种特殊的个性和气质。仅从他的姓名上做出这样的判断，的确没有科学依据。但这不影响我判断的准确：阎揆果然就是一位卓有成就的草书家。

我和阎揆认识十多年了，见面的次数没有几回，更谈不上有什么深刻的交流。相见亦无事，不见常思君，说的就是我们吧。但由于在一个系统工作，关于他的信息，我还是知道许多，参加某次国展啦，得什么大奖啦，出席某重要活动啦，等等。关于他的好消息，我都会从相关的渠道得悉，心里也跟着欢喜起来。有一次，我在某个图书市场上，偶尔看到一本《阎揆书法作品集》，毫不犹豫就买下了，看到《新华日报》上介绍他的专版，也情不自禁就把这张报纸珍藏起来。阎揆并不知道我做这些工作，我也没跟他讲过。这完全出自我对他书法的欣赏，出自内心的喜欢。

在书房闲读、品茗，会随手抽出阎揆的书法集，翻翻，看看，漫无边际的思绪也随即收拢回来。这本阎揆早期的书法集，封面设计挺有讲究，题签者是书法家沈鹏先生，底色是以阎揆的草书为主调，整体协调，神韵通达，庄重大气。内页之首是阎揆的一幅摄影肖像，虽然是一头乌发的英俊少年，却摆着盘腿打坐的姿势，和我后来见到他时的“光头佛”形象简直判若两人。当年，俞平伯在北平沦陷时，做苦守北平的打算，为排遣心中的烦乱，多次跟废名学习打坐，为的是能让自己气脉沉静，以免神昏心乱。阎揆打坐，怕也是要让自己沉浸在艺术化境之中吧，不要被浮躁的书法市场所搅动，一心一意钻研草书精髓，得其奥妙，化为己用。

再看他后来的书法，果然起了大变化，不仅是形式，就是内容上，也在突出和彰显自己的个性。他有一枚闲章，曰“舍形取神”，揣摩这四字，能大体明白阎揆这一时期的书法追求。记不清是什么时候了，《新华日报》副刊发表他几幅书法小品，内容特别有意思：“多一繁华即多一寂寞，所以，冷淡中自有无限风浪；少一交游即少一累赘，不如书卷中有无穷益友。”“鲁迅先生说过，有好茶喝，会喝好茶，是一种清福。”“善读书的人，天下没有什么不是书，山水是书，棋酒是书，花月也是书。善游山水的人无处不是山水，书史是山水，诗酒是山水，花月也是山水。”这些内容，和书体的草，确实不能以“形”见胜，要细细体味才能得其妙趣的，确乎是“神”了。“神”不仅是各种精神，关键是一种韵，一种味，一种趣，还有闲和逸。换一种说法，“神”，可寄于心，也可牵引心，给心以法则，而这种法则又是无形的、不规整的，使心认识本体。心神一体，无非就是此境界也。仅看阎揆这几幅书法小品，还不敢妄加评论，但我至少感受到阎揆书法艺术传递给我的知见，也体会到草书的情境和妙境。

我细细揣摩阎揆思想境界的变化，从他这一时期开始署的“净乙居士”中可见一斑。有时，他也会落“净乙一挥”这样的款。这当然是一个词组了，“净乙”是署名，这“一挥”，就太潇洒了，能忘却所有，能放弃所有，而在“忘”和“放”中，又得到了所有，似乎是放而未放。一挥中，参透了多少心得，即便是参禅多年大隐也不过如此吧。

不久之后，我去他的书法工作室拜见他，聊了什么，大体都忘了。没有忘记的是，我冒昧请他为我书房题写“掬云居”三字。书法家都有体会，这种即兴题字比较难弄，写不好就会露拙。阎揆略为酝酿后，大笔一挥，三个动感如飞的字便写就了。我书房的招牌，正是因阎揆的这幅大作，才正式竖立起来。

眨眼又是八九年，我们因忙于不同的事务而基本中断了联系。

再次见面却是2013年在他北京的工作室里。之前还有一个小花絮，因为一本书稿，我和著名文艺评论家王干先生在中国文联大楼的一间办公室里相聊，不知道怎么就说到了书法，说到了阎揆。王干是不轻易夸人的，这会儿也说阎揆的草书好，了得，又说，他还玩紫砂，昨天晚上和他一起喝茶时，他手里玩个小壶。言下之意，阎揆有名士风度，趣味不是一般的高古。原来，王干刚刚和管峻、阎揆小聚过。

我也体味了一回阎揆的高士风采，我们一边慢慢饮着啤酒，一边聊他近来倾注不少心血的“大草书社”。在诠释这一概念的时候，他说，大非大，草非草，书法的终极境界还是在法度上，法度又和书家的气质、学识、修养和交往等密不可分。他的谈话中，流露出不少佛禅思想，经常是言犹未尽，和他书法笔势的狂放、体势的连绵、法度的不羁有互为补充之妙。

那天聊得很晚，阎揆的谈兴也浓，对于大草书社之

“大”、之“草”，做了多种层面的阐述。我于一知半解中，暗想，在书法的艺术之路上，阎揆又在进行一番新的探求了。

2013年7月12日

江南丽人图

知道郜科的名字，比见到他的人要早很多。许多年前，我就知道他是《雨花》杂志的美术编辑。在《东方文化周刊》上，我看过他大量的插图，这些插图，色彩浓郁，稚拙中见意趣。另外，他还在《扬子晚报》上主持过漫画专栏。我也常在其他报刊上见到他创作的漫画，以及多次得奖的报道，对此君的多面手很是钦佩。直到1998年，在《雨花》举办的一次笔会上，我们才见面。因为是神交已久，所以一见如故。

郜科先生是那种热情而爽直的人，即便是跟初次相识的人，也能敞开心扉，谈自己对世俗的看法，对艺术的见解，观点明确，态度认真，不和稀泥，也不人云亦云。

2005年夏末，在张家港双山高尔夫球场的休息厅里，他送我一本新版画集《江南丽人 中国画作品集》。

郜科的“江南丽人画”，沿袭的是文人画的风格，水墨写意的重彩美女，初看似乎手法单调，“民间味”过于浓重，细细品咂推敲，才能感受其中三昧：其一，人文的风韵；其二，色块浓艳却墨韵丰满；其三，稚拙的线条彰显现代意蕴。当然，他的画中，据书评家薛冰云所说，还隐约流露出日本浮世绘的色调。只是画中的“俗”，让人感受到无法言说的机趣。“美人画可以说是最俗不过的题材，却偏偏为文人画家们所喜爱。郜科也选择了江南旧时美女来一显身手，写意，再加上重彩，具备了太多‘俗’的因子，然而他画秦淮八艳，画金陵十二钗，画古往今来有名无名的清柔娇娃，直到民国丽人，偏偏让人无法说出那个‘俗’字来。他却又不能算典型的‘新文人画’，他有意无意地停留在‘新文人画’浪潮的边缘，与‘新文人画派’的佼佼者，保持着艺术上的距离；抱着一颗不为世风所动的平常心，他终于成就了独具一格的‘江南丽人’系列，艳中见素，拙中见巧，俗中见稚，浅中见厚，热辣辣沉甸甸的，让人一看就知道那就是郜科。”（《热辣厚重的“江南丽人”》）薛冰先生的这段话，较为准确地定位了部科的艺术成就。薛冰对部科应该是十分了解的，他在主持《东方文化周刊》小说栏目时，特邀部科画了许多插图，给周刊增添了浓郁的艺术味。这种艺术味，也是那段时间周刊的基本色调。

《江南丽人 中国画作品集》收入画家近年创作的数十幅“丽人”。这些“丽人”，有个性，有情调，她们或嗔，或娇，或愁，或念，或怨，或思，都让人顿生怜悯的情怀，甚至一洒同情之泪；画面也是匠心独运，古老的城砖，灵秀的假山，旁斜的花枝，虽是简笔，一笔一墨却都有神来之韵，尤其是他敢于在传统的笔墨中，兼收现代派的风格，让人击节叹赏。他在“新文人画”中求变、图新、寻奇，善于利用自身所具备的文学功底把文学的内涵有机地融入其艺术生涯中。他曾对我说过这样的话：为什么过去时代的美人更能入画？因为距离能产生美，人们怀旧的心态本身就具备美学和文学的因素。这么说来，我们对部科在“江南丽人”画的书写中，就有更高的期待了。

“爱之画中爱，痛之画中痛。落个云淡风轻近午天，傍花随柳过前川，时人不识余心乐，将谓偷闲学少年。管他什么专业、地位、名气、市场，画画的本质还是画。”（《江南丽人 中国画作品集·作秀的前言》）有着这样的心态，相信他在艺术上会有别样的风姿，会给读者一个全新的感觉，也会给画坛带去深邃的启迪。

2003年12月2日

心有菩提小楷书

“丽日洒照本无意，萍荷动波性自空。”这是句藏头联，有佛意，有禅思，暗藏“丽萍”二字。我读了，颇有感想。没错，联的内容就是葛丽萍个性和为人的写照。

见到葛丽萍，是在一次酒宴上。同席有俞小红、王晓明、潘吉、皇甫卫明、老浦，都是我文友，也是常熟市文坛的活跃分子。坐下聊一会儿，感觉客人似乎到齐了。我因一路风尘，跑了一下午，被一桌子美味逗得直咽口水，问，可以开吃啦？俞小红说，再等等，葛丽萍马上到。说话间，门口暗一下，跟着又光辉起来，进来一个清清爽爽的年轻女士，一身合体的裙装，色彩已忘了，素静、淡雅是没错的。俞小红立即邀请入座。来者得体地微笑着，大大方方坐下了。

我见过葛丽萍——在她的博客里，她博名叫夏荷，是某学校语文老师。好几年前吧，我们就互为好友了。

我的博客，开始只想作为“仓库”，存放自己的文稿。发表过的才公开，没发表过的，都设置成私人日记了。有事无事，也会到处转转，串串门，打打招呼，看到喜欢的博客，也邀请对方为好友。和葛丽萍（夏荷）在博客“相识”，是因为她的博客内容吸引了我——小楷书法，新旧体诗，散文随笔，内容十分丰富，特别是她的书法作品，简静、秀雅中透出韧劲，有神韵，有法度，走的是传统的路子，却又不失自己的个性，并且一直追求、发扬自己的个性——这个尤为不易，难道不是吗？生活中，许多人这山望着那山高，不能坚持自我，最后什么都不是。

每每看她博客里的一幅幅小楷，便不由得喜欢，心情也跟着愉快起来。但我只是看看，并不敢妄加评论。因为我对书法是门外汉，加之她书写的大多是佛经——《大悲咒》《普门品》《金刚经》《地藏经》《心经》等佛教经典，怕言语不妥而冲撞佛门。当然也有一些书法小品，抄录的不是唐诗宋词，就是她自己的诗稿，造型别致，婉约秀丽，古朴典雅。我真想拥有一幅，挂在书房里，一来为书房增色添辉，二来也能天天欣赏她小楷的神采风姿——当然只是妄想而已。

她的诗，走的是婉约派的路子，情感浓郁，意味深长。从一首首诗中，能读出她的细腻和敏感，读出她的温情和善良。在《并蒂树·一世情缘》中，她写道："生生世世，笑颜因此绽放；时时刻刻，美丽相依心乡。"在《思念》里，她说"思念是一杯加糖的咖啡"，是"春天里绵绵的细雨"，是"那本深沉厚重的书"，更是"那幅深藏于心的画"和"那首带着忧伤的老歌"，句句说到心坎上，尖锐得不能自禁。是啊，读到这样的思念，谁的心，都会跟着柔弱起来，进而心生悲悯。《我的芬芳在你的心乡》是一首写丹桂的诗，却是借桂花的馨香，抒发自己的情怀：

多想依偎成双
一起描摹金秋的诗行
然而我只有这样的过往
放不下已给你的念想
即便洒落尘寰

读她的一首首诗，心也会跟着她的诗行游弋在她营造的情感氛围中，不自觉地和她同悲同喜。让我感动的是她的《金秋》，共分四节，每节只有短短的四行，吸收了宋词和元小令的特长，文白相间，用词古雅，意境纤柔，抒写了对远在内蒙古工作的爱人的思念之情。事实上，她的大部分诗都取材相同，表达的是和爱人短暂离别后的愁绪和思念。这也是古今中外文学永恒的题材，但在她的笔下，更显热切、真挚，低回反复，酣畅缠绵，没有切身感受的人，怕是不能为之的。

说诗，不能不说她的古典诗词。葛丽萍的博客分类列表里专门有一栏“夏荷诗词”，收录她历年写作的古典诗词几十首，每首我都读过数遍。老实说，我对于古典诗词更是没摸到边，虽然熟背过很多首，甚至有一段时间，专门研究李贺的哑谜诗，还写过若干篇鉴赏文章，却从未尝试过写。我知道，鉴赏是一回事，写，又是另一回事。写诗的功力不是一天两天练就的。不仅要有才情、气质，还要有广博的知识和深厚的旧学做根基，所以古人才有“不是诗人莫献诗”的提示。葛丽萍的诗词，和她的新诗一样，也以抒写个人情怀为主，从“情”入手，抒发自己的所思所想，笔调旖旎，婉曲清雅，有精练的词句和音律。她的博客里，连续几年置顶的《醉江南》四首，就体现了她的个人诗风，都是写给爱人的，都是写离愁别绪，情感真切，读来让人感同身受，其中一首云：

烟雨茫茫春欲就，
梦里江南，原是归时候。
恰似嫦娥挥彩袖，
良辰美景情依旧。

河畔青芜堤上柳。
且怪东风，吹皱西湖瘦。
空对小桥无尽秀，
兰舟犹唱红酥手！

——《蝶恋花·梦回江南》

不用细细品评，就能感受到诗中传递的忧伤和无奈。

这样的情愫，仿如旧时文人的感怀，细致、绵密、幽远。

常在葛丽萍的博客里这儿看看，那里瞧瞧，也偶尔情不自禁地对她的博文“说三道四”，点评也许不准确，算是真诚地打个招呼吧。尤其对她的小楷书法，关注更是多一些。有好多次，看到她赠送别人那么多书法作品，我心里也痒痒起来，想厚厚脸皮，跟她要一幅，终是没好意思。同时呢，对于她随便地把作品送人，也有些不解，又不是青菜萝卜，怕过了季节，随便贱卖的。但这话也不便说出口，只是无缘由地替她抱屈。也许，这正说明葛丽萍的佛心普爱吧。那么我是不是也厚脸索要一幅呢？这样的想法一旦萌生，就像春天的草芽一样，在土层里不断往外疯拱，想来想去，只好“曲线救国”，以为我题写书名为由，请她写一幅《洁白的手帕》。她居然答应了。我正为我的“小阴谋”得意时，不承想，她写好后，直接放她的博客相册里了，并给我留言：“如喜欢，可下载。”原来原件还不舍得给我呀。我心里顿时冰凉。但，仍心有不甘，待到她书写的《心经》和《大悲咒》发到博客上时，我看那光彩照人、十分精美的书法以及许多博友的围观和好评，还是忍不住开口留言了：“真美。我也很想要一幅啊。”不久，就看到她的回复了，先是一个笑脸，接着说：“你自己要啊？”我说：“是啊，喜欢《心经》呢。”没想到，隔天以后，她又回复了，而且很慷慨：“好吧，不过你要等着，我等空些再写，好吗？我以前写的是小的，写在红色宣纸上的，没这个大，这个可以挂起来的。”我连声道谢。

后来不知什么原因，我终是没有收到她的小楷《心经》。再加上我那段时间主持一本杂志，事务多，忙得不可开交，上网时间少之又少，没有盯得紧，错过了这个大好机缘，后悔莫及。

真正得到她的书法作品，已经是两年以后的2012年5月了，我收到她寄来的《妙法莲华经观世音菩萨普门品》。

我对葛丽萍充满感动和敬佩的因素还有一层，就是她坚强的意志和对生活的信念。为避免重复叙述，还是允许我节录一段文字吧：“从她的博文里，我依稀感觉到，在她生命最美丽的时候，也就是新婚不久，万恶的病魔造访了她，并且直接威胁到生命……在接下来的无数个白天、无数个夜晚，她都要面对病魔，和病魔做顽强的搏斗，一次次的手术，一次次的化疗……一个瘦弱的女子啊，一个新嫁娘，就这样长时间待在病房里……在她顽强、坚韧的毅力下，在亲人们的照料下，她挺过来了，直到完全康复，直到又站在她心爱的讲台上。”

有了上面的交往，那天在俞小红召集的饭局上，见到葛丽萍时，我就没有了生疏感，仿佛面对熟悉已久的朋友，交流了书法，又交流了散文写作。常熟市作协主席、《常熟日报》副刊部的俞小红对葛丽萍的散文创作表示肯定，也非常欣赏她的书法作品，以文人的眼光，高度评价了她的小楷。那天，葛丽萍给我的印象和她的小楷书法一样，简约、平和、静美，有江南水乡的俊秀和知书达理，也不失干脆、爽朗的风格和谦虚的作风。

就在这次聚餐不久后，我看到她博客上更新一条博文，她的小楷书入选国展了！我为她高兴，觉得这是她应得的荣誉。其实，葛丽萍在小楷书艺上的追求，早已引得著名书法家、篆刻家张浩元和吴苇的欣赏了，他们也给予她多方面的关照和指点。

以为生活中，这样寻常的交往如过眼烟云，稍纵即逝。没想到今年年初，我们又有进一步合作的缘分了。北京的一家出版单位要出版我的几本书，小说、散文、随笔都有，并约我进京改稿。在改稿期间，他们准备出一套散文丛书，咨询我，丛书以什么样的面目出现较为合适。我建议他们搞一套贴近大众、贴近民生、接地气的“轻散文”。所谓“轻散文”，即“短而精美，轻而厚重；也包括回归自然，回归质朴。简单说，就是写自己日常的生活，写自己内心的感受。对所见所感如实呈现，对所思所想真诚相告。并希望，在人们对当下生活渐感浮躁和麻木的时候，能够发现生活的新奇和诗意，发现周围的平淡和美丽”。（《中国当代精美文学读本·轻散文卷·总序》）这个方向确定之后，出版方又抓差，让我约几本书稿。我自然就想到博客上的那些精短小文了，葛丽萍、夷人等的博客再次成为我阅读的重点，进一步确认了他们的文章很适合“轻散文”理念的要求，于是我把他们的作品下载几篇，做成选题报告，交了上去。不久之后，选题通过了，我立即向他们发去了约稿函。夷人很愉快地给予答复。葛丽萍的回复，却表示了一丝为难。相比较小楷书法和散文写作，她更喜欢前者。但她也给了我面子，决定把作品收集起来，先看看再说。这时正值寒假，她把自己从前的作品整理后，表示可以整理成一本小书，不过其中的大部分篇章，都要修改，另外，利用假期，还要再赶写几篇。葛丽萍的工作效率很高，就在寒假结束后，我收到她一本十万字的书稿，名为《心有菩提》。我从头快读一遍，马上交给出版方，进入出版程序。

在写这篇小文章的时候，葛丽萍又进入她小楷创作的高峰期——应常熟市文化机构的邀请，她一口气用金粉创作了三幅《常熟赋》，作为撤县建市三十周年贺品，捐献给常熟博物馆、图书馆和美术馆。而她另一个宏愿就是，要在两年内，用小楷书法抄录八万多字的《妙法莲华经》。这是一个浩瀚的大工程，比她以往抄写的《金刚经》《地藏经》等不知要多多少辛苦与难度，这不仅要考验一个书法家的功力，也是对意志、精神的综合考验。但我知道，曾在生活中接受过生死考验的葛丽萍，一定会实现她的愿望。

2013年12月8日于北京五里桥

本土画家江祥荣

早在十数年前，就知道江祥荣先生是我市乃至省内外成就突出的青年书画家，在艺术界名声远扬，在社会上更是广为人知。真正和他交往，还是在二十一世纪初，我在他靠近盐河边的画室里采访他，从他的言谈中，感觉他是个质朴、率真的人，有才气却并不咄咄逼人，有思想也不刻意张扬。那时候，我在晚报做文艺编辑，对他倾慕已久，经书法家费永春先生介绍，曾得到他一幅墨竹小品，竹枝以淡墨勾出，竹叶浓淡相彰，笔意潇洒、画风儒雅，文人气十足，很有明代画家吕端俊的神韵。这幅墨竹一直挂在我的书房里，闲读和书写疲倦时，常常对画品味，体会个中哲理，对梳理纷繁的思路起到了莫大的帮助。因此说，我与祥荣先生，一直是神交多于面谈。

不承想，2007年我和祥荣先生竟然成了邻居。在他新居的画室里，观摩他泼墨挥毫，和他谈书论画，一时成为我的最大乐事。对他的书法画技和艺术修养，我都有了更深一层的理解。特别是去年夏秋，他带着速写本，深入前后云台山的群峰峻岭中，画了大量的速写，那准备大干一番的雄心壮志，让我更是钦佩不已。

了解祥荣先生的朋友都知道，他是在艺术上有独到见解和特别想法的艺术家，对连云港市的山山水水更是有着特殊的情怀，很久以前就立志要以手中的画笔来再现云台山的雄峻和幽静，为本土山水做一个史诗式长卷。他曾经以抒情的话语对我说，在夏日的灼热里，在秋风的萧瑟中，在碧蓝的天空下，在深深的密林里，摊开速写本，面对眼前的美丽景象，幸福得手都发抖，那种幸福感盈满全身，简直叫人有些害怕，害怕稍不留神，这种美景就会溜走。他的话也感染了我，仿佛我也跟着他跋山涉水，寻寻觅觅地找角度、选视点，突然间发现了久违的无限风光，那种激动的心情就像与初恋情人的约会。这就是对艺术的投入吧。这位身上闪动着熠熠光辉的艺术才俊，就这样亲近而温情地和云台山、和大自然相拥相抱。

在他的工作室里，我一边品茗，一边一页页翻看他的速写本。那一幅幅如临其境的速写画，既波澜不惊，又气势磅礴，同时，还隐隐地透着空灵、恬淡、醇厚。而当面对他已经完成的“云台山系列”画作的其中十八幅巨幅画时，我心底最柔弱的地方漾起一丝涟漪，紧接着又怦然而动，感觉到了什么是豪迈和雄伟，感觉到了什么是细腻和温润。与这一份感动相比，一切的渲染和宣扬，一切的评价，都成了多余。

我不是画家，可以说对于书画艺术是门外汉，我只是以一个写作者的身份，以一个小说作者的视角来切入并审视和阅读祥荣先生的这批画。从《观顶春韵图》里，我看到远山含黛、绿树含菲，看到萦绕的白云和时隐时现的村舍，整个画面步调均衡又不失错落有致。《凤凰山》更是体现了古凤凰山的苍茫和劲健，体现了“缥缈天边雾，依稀海上楼”的韵致。《前云獾塘寻梦》里，我的目光从溪潭移向逶迤的远山，禁不住为画面的丰富和画技的成熟而赞叹，远近相彰、疏简互让，是山水画的灵魂之一，逼真的山体，怪异的老树，密密的丛林，一湾溪流，几抹淡彩，体现了秋山的冷峻和沉静，画家传达了一种强烈的精神引领，力图寻找周围世界的诗意和本质，并且让这种诗意和本质直抵内心。同时，从这幅画中也能看出，色彩如果能运用得当，对于表现出实景以外的精神内涵，或者构图的和谐，可以起到举轻若重的奇效。《云涧秋韵图》《海州南大山》《烟溪云岫图》《船山春韵图》等画作，和“寻梦”一样，有着异曲同工之妙。而《山水含清晖，云雾绕鸡鸣》《福地老宅》《湖亭观远图》等，又稍微加入些许灵动和田园的元素，传达出一种平和、安宁的情景，古寺、老屋、草亭，于恬静、冲淡中透出一种世外的满足，即使是那些葱茏的树木和由于雾霭而变得柔和的山峦，也完全是令人安心和安静的。

六七年前吧，徐州、连云港两地画家搞一个联展。筹划时，著名画家、连云港市书画院古强先生不无担忧地说，别的不怕，我们就缺大画，一幅能够反映、代表连云港精神和气质的巨制。祥荣先生听后，便开始构思、草拟，并数次登上花果山写生。经过无数次精心构制，一幅八尺宣的《云台胜境》终于完成。在徐、连两地画展上，《云台胜境》轰动一时，许多人流连于画前，无不感叹称奇。云台山素以古、神、幽、奇著称，明代小说《西游记》里的人间仙境花果山就取材于此。若干年来，人们只能从小说里领略“冷气分青嶂，余流润翠微”的风姿，却无法感受其中之妙境，是这幅《云台胜境》让他们开了眼界，那整体的布局、细致的刻画、磅礴的气势、苍茫的山体、缥缈的云雾，加之青藤、古树、翠竹、红瓦、飞瀑、幽谷的丰润和秀雅，让观众领略到了什么叫栩栩如生，什么是如临其境。几年后，连云港驻京办事处知道此事后，特意出高价购买此画。当得知此画被某机构收藏后，又礼请祥荣先生重画了一张，这才有了《云台胜境花果山》悬挂于驻京办事处的大厅里，让首都人民通过此画来感受和了解连云港山水的神奇和博大。

祥荣先生对本土的热爱，从一幅《云台胜境》里可见一斑。那么，让我们再穿越时空隧道，回到二十多年前的一九八七年，来看看他另一幅《百里盐场图》。最初欣赏到这幅巨制时，我首先想到《清明上河图》，也是这样的长卷，也是这样的工笔白描，如果不看落款，不看新绢，还以为是宋代的遗物。这幅作品确实有宋人的流风余韵，用笔，是那样温和清腴，骨肉停匀，猛一看似乎文弱了些，没有健壮外强的气势，实则，外露凝静而精力内聚，追求的是笔墨的静美、阔略和传神。众所周知，祥荣先生自小生长在盐场，对于制盐的一套程序烂熟于心，但要落笔于画，还得靠写生、靠感悟、靠灵气。从一九八一年开始，还是英俊少年的祥荣就开始对百里银滩进行了切身体验，从远古的煮盐、烧盐，到板晒、砖池、泥滩等，甚至盐场民俗、圩下风情，他都耳熟能详。我们从《百里盐场图》的题跋上，就能够体察到祥荣先生的多年用心："淮北盐场位于黄海之滨，系我国十大盐场及北方海盐产区之一，盐田总面积达八万九千余顷，面积之大，分布之广，北起海州湾，南至长江口，自汉始至今已有两千余年，历史悠久，享誉海内外，素有百里银滩之称。淮北盐场在中华人民共和国成立前年产量不足二十万吨，中华人民共和国成立后产量直线上升，最丰年产量高达三百万吨，为中华人民共和国成立前的十五倍，行销祖国各地，远销欧亚各国，打入国际市场……余生于斯长于斯，闻其变化，观其发展，不禁乃欣欣然也……"观《百里盐场图》，我们仿佛走进了欣欣向荣的盐场，那些整齐的田格，堆积的盐坨，长长的圩堤，繁忙的盐埠，运盐的船队，白帆、海鸥、灶民，还有盐工纳潮、上廪、扒盐，等等场景，都是那样恰如其分。从作品细腻的描写中，可以看出祥荣先生是拼了心力的，但同时也展现出了他高超的白描功夫。有人打过这样的比方，如果把西洋画看成色彩的诗句，中国画就是线的音乐。这个比喻很形象、很恰当。线是中国画的基础，每一个形象都是一组飞动的线纹和节奏的交织，长卷《百里盐场图》里的线条，可以说运用到了化境，超忽飘举，六法皆备，真正做到了“一笔而成，气脉通联，隔行不断”，和苏东坡形容吴道子的画笔“当其下手风雨快，笔所未到气已吞”好有一比。

面对大自然，特别是家乡的山山水水、草草木木，每个人的认知应该是均等的，但同时也是仁者见仁，智者见智。艺术感受个个不同，有的融入其中，受其感染，读出深邃的内涵，生发出无畏的能量，有的只是流于表面的欣赏，这其中有视野不同，也有修养高下之分。古人所说的“中得心源”便是这个道理。祥荣先生是书法家，其书法作品参加过全国大展，多年来对书艺潜心研究，心中自有架构的尺度。他同时又喜读诗书，特别是反映家乡山川风物的诗词文赋，只要能找到，他都是熟读强记。明人顾乾的《云台山三十六景》，还有清人《云台二十四景》诗，他不但熟读，还曾顺着古人吟哦的足迹而寻访过，因此，在他的视野里，故乡的山水，便多了一份人文的风姿，再经过他剪枝修整般的速写打磨，作品中，便有着沉甸甸的千钧之力和广博的厚度。面对那些六尺纸的巨制，我能想象出画家绘画时心无旁骛、凝神敛气的情景。那么也就不难理解，画家为什么能绘出这样一批充满生命力的、情感丰富的山水画章了。可以说，祥荣先生是入世的画家，却有着出世的洒脱和修养，一山一水，一草一木，都画得结结实实、有筋有骨，使人想起北宋的许多名家。就我个人的理解，祥荣先生在传统中国画上是下过苦功的，点、染、泼、斫、皴、擦等基本技术，都很讲究，同时又不陈腐，融入了自己的创意，奔放中充溢着文气和书卷气。我想说的是，如果在这条路上继续坚持下去，即于古意中融入时代的元素，并扎根于本土，充分展示出自己的绘画语言，要不了多久祥荣先生就会攀登到相当的高度。

如果说，祥荣先生只工山水，只画山川，恐怕连祥荣先生自己都不买账（如前所述，他还是一位成就卓越的书法家，因为本文篇幅所限，将在另文略述）。事实上，祥荣先生的花鸟画也是功力非凡，他画小品，有工笔的细致，一笔一画细致入微。他写意泼墨，同样挥洒自如，笔到意到，无处不风景。有一幅《清韵春唱图》，两只八哥仰天鸣唱，水红色牵牛花在藤叶间含露盛开，线条灵动，墨色活泼。他还画人物，一幅《胸有成竹图》，芭蕉树下，清风唱晚，老翁对弈，书生煮茶，好一副悠闲景象。《清竹新嘉图》中的墨竹，风轻影动，行笔、力度均恰如其分，可谓墨色淋漓，气韵生动。最欣赏他的一幅《玉洁冰清图》，枯枝穿插，白梅点点，其高洁和清白跃然纸上，如临其境。读他的画，我曾有过这样的想法：有的人靠才气作画，可以成为一代画家；有的人靠勤奋补拙，同样可以取得成功；如果才气、思想和勤奋融于一人之身，那他离一代宗师就不远了。

行文至此，我想说的是，祥荣先生把艺术之根深深地扎在连云港这块土壤之上，志在为本土的山水扬名，成为乡帮艺术家，为本土山水提升精神，这样的努力，值得称叹。

2009年1月13日初稿于新浦河南庄，

2009年2月2日修订

王兵画笔染春秋

画家王兵先生是个多面手，我和他过从有年，相知较深。他画山水、画人物，可以说不输给当代名流，就是花鸟画，也有一笔真功夫。他笔墨多姿，工写兼备，气韵生动时可以笔走龙蛇，直抵内心，老笔枯拙时，也能简朴无芳，动人心弦。下面，仅就我个人理解，谈点自家认识。

心源为本多恬淡

在王兵的画室观其作画，无疑是我近期的一大乐事。特别是看他画《大美无言》和《山色空蒙雨亦奇》两幅山水画时，感觉到画中的静和美，感觉到那份平和和淡然，感到有种意存笔先、画尽意在的纯粹。中国画讲究抒写情思，塑造物象，缔造意境，酿成气韵，这是众人皆知的，但这必须在“六法”兼备的基础上才能做到。看王兵作画，看他运笔，看他走线，看他着墨，都是一种享受。我不敢说他在这方面已经达化境，但至少有相当高的造诣，用笔变化可谓千姿百态，轻重、提按、粗细、疾缓，都是那样的娴熟和富有变化。由于各人的禀赋、交谊、学养以及对社会认知的不同，走笔所呈现的笔性、笔势、笔趣也各有各的个性风姿，所以，往往一下笔，就可知这幅画的总体风气，正如黄宾虹所说的“气韵出于笔墨”。看得久了，我对于王兵先生的画有了一点粗浅的认识，大致上说，他是得中国古典绘画和古典文学的精髓，及在抒情、畅达、求趣上，受传统文化影响较深，达到了超脱物象、抒写灵性、托物寄意、寓情于景、以形写态、形神兼备的境地。说得具体一些，就是他的山水画中，暗含着感人至深的静美。

“泠泠七弦上，静听松风寒”，这是唐人刘长卿《听弹琴》中的一句。宋人苏东坡则有“神闲意定，万籁收声天地静”的词句。李太白在《月夜听卢子顺弹琴》里，有诗云："闲坐夜明月，幽人弹素琴，忽闻《悲风》调，宛若《寒松吟》。"这些诗有着共同点：静和闲。从美学意义上讲，王兵先生的山水画，无论是大幅，还是尺页，有不少都自觉地剔除烟火气，剔除张牙舞爪之势，而是追求特有的平和、恬淡、静美。比如《秋声图》，禁不住让人想起上述诗句，想起《听弹琴》《月夜听卢子顺弹琴》所表达的那种情感——君不见，弹琴的老翁卧坐在苍劲的老松侧畔，苍松下幽暗的池塘里，倒映着一轮冷月，夜风从远处徐徐吹来，带着静夜的寒意，那如诉的琴声也必定是哀怨的，仿佛寒松在低吟。这是一幅怎样的画面啊，不仅是一种美的提升，还让心灵得到净化。

众所周知，一位艺术家，为了传达情思而创造意境，常于自然万象、人间百态中受到启迪，然后加以创造、发挥，传达出超然物外的美学符号，让人遐想联翩。《秋水无声》《冷月清晖》《大美无言》《山居图》《夕阳山外山》《一片苍茫烟雨中》《意中天地》《层峦叠翠》等，无不体现出这种至纯至美的境界和"外师造化、中得心源"的修养。

说到"外师造化、中得心源"，我们都知道这是中国艺术理论的重要命题，由唐代画家张璪提出来的，可以说在某种程度上，是中国艺术的总纲。但是，说真话，长期以来，我们对这句话的理解过于简单化了，包括一些书画家，认为这个命题浅近明白，无非是主客观结合或情景结合的产物。从表层意义上说，这样的观点也没有错。但事实上，如何去理解和运用，远比这复杂和艰涩得多。

王兵先生擅长阅读，对古典文学有相当深入的研读。他常常在一边作画时，一边和我闲谈，许多古代画家的画论，或妙联诗句，都能脱口而出，然后又详细解说其中的三昧。对于画家，从顾恺之开始，往下数来，吴道子、董源、范宽、李唐、黄公望、徐渭、陈洪绶、石涛、任伯年等，他也是耳熟能详，各位大师的艺术风格和代表作品，更是如数家珍，有的还曾反复临写。对于张璪“中得心源”之说，经过这些大师的熏陶，他的理解，自然要深入得多。画画的人都知道，当年张璪和大画家、大诗人王维的弟弟王缙交谊时，对王维的禅道和绘画理念了然于心，王维的禅学思想可能对张璪产生重大的影响。而最初的“心源”一语，就是出自《菩提心论》，文中说：“若欲照知，须知心源。”对于佛家所称的“心源”，北京大学美学教授朱良志先生“在美学散步丛书”《真水无香》里有专门的阐述：“一是本源义，心为万法的根源，所以叫做‘心源’，此心为真心，无念无住，非有非无，而一切有念心、是非心、分别心都是妄心，所以心源是与妄念妄心相对的……此二义又是相连一体的。在心源中悟，惟有心源之悟方是真悟，惟有真悟才能切入真实世界，才能摆脱妄念，还归于本，在本源上‘见性’，在本源上和世界相即相融。”所以，张藻的“外师造化、中得心源”，体现的就是禅宗的心源为本的思想。

从王兵的画中，我们是否能够感受到“心源为本”的境界呢？答案是肯定的。从《秋水无声》里，我们感受到了仇英的《松下眠琴图》那样的空寂；从《夕阳山外山》里，我们感受到了《关山密雪图》那样的坚凝；《米家遗韵》又给我们传递了古雅之气；《月映秀川》所传达的是一种清旷、宁静之美；《云台山居图》豪锋颖脱，墨法精微，平淡多姿，气韵闲逸；《意远能静境》青山含黛，绿树含晖，秀润清新；《秋林暮归》中的云林、近树、远山，高古简贵，行笔缜密而有韵度。上述种种，可以毫不夸张地讲，王兵的山水画，真是得心源之本，追静美之道，淡而厚，实而清，熟而不甜，生而不涩，有唐人之致，去其纤，有北宋之雄，去其犷，从中能感受到元人的笔墨，宋人的丘壑，唐人的气韵，静美之意，跃然纸上。

清丽山河多静美

冷月下的山峦、雾霭、林树、水泊，在泠泠清辉中洋溢着静美和恬淡——这就是画家王兵的代表作之一《冷月清辉》所表达的意象。是啊，面对这样一幅如此清丽、邈远的作品，内心不由得平静下来，尘世间的一切烦恼和不如意，也在这熨帖而宁静的画面面前顿时消散。而在《秋月如水照吾衣》中的冷月，又是另一番景象，美丽女子在池塘边的闲坐望月透出的是一丝相思和不尽遥望，那倒映于水中的月辉，更是烘托出整个画面中含而不露的委婉和似显若隐的怀念，给人一种“残月脸边明，别泪临清晓”的感叹。

与此类似的以月抒怀、意境幽远的作品，还有《秋月歌》《寒江独钓》《月上竹楼》《月映万川》《秋水无声》等。这些寄兴、深远、洗练、清越的作品，正是近期王兵绘画所追求的题材。众所周知，中国画艺术主要是以意境来陶冶心灵，净化情感，升华哲思，并以此提高人们对于人生的认识。当我们观赏一幅好画时，就仿佛聆听一曲动人音乐，吟咏一首好诗，在心注神凝之际，往往会盘桓流连，心畅意遂。《寒江独钓》中的渔翁，与清辉、江水相互融入，人是静的，冷月是静的，江水是静的，就连那飘零的雪花也是静静地落在江面上，落在渔翁的身上。更感念于那倒映于江面上的清辉和水下冬眠的鱼，有着一种什么样的关联呢？这着眼的，是“有”与“无”的关系，看不见，摸不着。这其实就是传统的中国美学中的幻象理论。正如王兵先生津津乐道的齐白石老人的一幅《十里蛙声》——一弯溪水从山涧流来，几只小蝌蚪顺流而下，画面上没有一只青蛙，但我们似听到那如潮的蛙声，何止十里啊！中国强调的是画一物，则不是一物，虽有而实无。在古代审美艺术观念中，有一种“求于骊黄牝牡之外”的学说，原出自倪云林《临王漫庆墨竹轴》，他说：“以中兄长家藏澹游竹石二帧，真有天真烂漫出乎笔墨町畦之外之逸韵，因篝灯下戏效之，虽不能摹形似，亦颇得骊黄牝牡外也。”还有关于苏东坡一则典故，说的是苏氏在试院用朱笔画竹，有一个人看了，说，“世岂有朱竹耶？”苏东坡说：“世岂有墨竹耶？善鉴者因当赏于骊黄之外。”由此又想到《东坡题跋》卷四《言张长史书法》的一段议论：“世人见古德有见桃花悟者，便争颂桃花，便将桃花作饭吃，吃此饭五十年，转没交涉。正如张长史见担夫与公主争路，而得草书之法，欲学张长史，日就担夫强求之，岂可得哉！”爱好书法的人都知道，张长史就是张旭。在苏东坡看来，艺术就像灵云悟桃花，与桃花并无多大关联，如果天天盯着桃花看，是入不了门的。倪云林在《清闷阁集》卷二里有诗云：“爱此风林意，更起丘壑情。写图以闲咏，非在象与声。”《习苦斋画絮》里也记有戴熙的自题画诗：“山水本无色，泉声非有声。顿觉眼耳妄，根尘何自生？”在他们看来，画中出现的各类景色都是虚幻的，都是妄见，绘画的妙处就在于声色之外，就像白石老人的《十里蛙声》那样。

话扯远了，还是来说说王兵近期画作中的月亮。和山体、水流、人物、花鸟相比，月亮不仅形态单一，用于表现画面整体也殊为不易。戴熙就曾说过，他年轻时，觉得画月亮很容易，画一个圆圈，不就是月亮？等到对绘画的领悟日渐加深，他才觉得，月亮是那么难画，岂止是一个圆圈就能体现的啊。是啊，月亮之外要表达的境界，月华，月晖，月色，还有周遭的环境，物体的色泽，表现的主题，等等，并非一朝一夕就能领悟得到的，非有对画事高深的理解和深切的体悟莫办。“不知笔墨之外大有事在”所表达的大概就是这个意思吧？有一次我在王兵先生画室观其作画，恰巧所反映的就是“回乐峰前沙似雪，受降城外月如霜。不知何处吹芦管，一夜征人尽望乡”那样的意境。那月亮、月色的处理，王兵真是下了一番功夫的，整个下午都被月亮纠缠着，用笔、着色不仅要暗合整体的需要，所体现的冷霜、清辉也要跃然纸上，既要有直观的抒意，又要有品之不尽的情怀，这就是那幅《秋月歌》。一湾湖泊中，一古代绝世佳人孤独地坐于船艄，近景是秋霜后的芦苇，芦花白了，芦叶枯了，芦苇下也蒿草萋萋，湖对岸，隐约的芦苇荡一望无际，我们看到了那轮满月，月亮里吴刚、嫦娥时隐时现，散淡的月晕，周围的浮云，特别是那倾泻而下的月华，照在遥接天际的水中，使静静的湖水充盈、恬淡、平和，流动可感的气息，和着女子如泣如诉的琴声，相映成一曲哀怨之歌。画面上没有远征的亲人，也没有如雪的沙和受降的大军，但可以想见远征人那吹着芦管望乡的情怀。

古代诗歌中，关于月亮的描写太多了，借月抒怀的诗词更是数不胜数。在当下艺术界，有许多人作画，也常常把古诗拿来借用，但真正能把月亮画出神韵来的，也是屈指可数，其原因主要还是表现形式上的难上加难。如何“能使江月白，又令江水深”；如何“二十五弦弹夜月，不胜清怨却飞来”；如何“沧海月明珠有泪”；如何“月中霜里斗婵娟”；如何“江畔何人初见月，江月何年初照人”；如何“无言独上西楼，月如钩。寂寞梧桐深院锁清秋”；如何“灯半昏时，月半明时”；如何“明月别枝惊鹊，清风半夜鸣蝉”；如何“笙歌散后酒微醒，深院月明人静”；如何“雁字回时，月满西楼”。这些只可意会的诗意，如何用直观平面视角来反映，用色彩明暗来描绘，可不是一笔两画就能表现出来的。要对古典文学精读精研，还要有扎实而精细的绘画基本功，关键是，要有对整体艺术和审美趣味的把握。王兵先生在这方面的造诣，可谓匠心独用，又很有心得，这才有一幅幅月朦胧、意朦胧，境界深远，值得长久玩味的佳构。

人物风姿情意深

比较而言，我更喜欢王兵先生的人物画。

我们说，画人之美，究竟是得其肉，得其骨，得其神，还是得其韵？见仁见智，各说不一，但无论哪一种，都是难以达到的高境界，非一朝一夕之功力而莫办。王兵先生的人物画，得先辈诸家之笔意，融入自家之情趣，画出了诸如《东坡赏砚图》《吴彩鸾跨虎入山图》《竹林七贤图》《盛世修典图》《秋声图》等多幅作品，笔姿文雅沉静，造境清旷疏淡，气格非凡、翰逸神飞，经得起细细咀嚼和慢慢品赏。但我不想简单地对王兵先生的人物画来几句大而无当的空谈，而是就我亲见的几幅作品，谈几句切实的感受。

在朱自清作品陈列室里，有一张《朱自清读书图》。画面上，青年朱自清面目清瘦地坐在清华园荷塘边的假山旁，手握经卷，显然是读书累了，正在小憩，那闪烁的目光中，透着智慧之光，似在思索，又似在回想——此时正是黄昏将尽、圆月初上时，四周弥漫着迷茫之气，身后的荷塘，近处的荷花，甚至荷叶上的晚露以及荷塘里的清香，仿佛如朱自清在《荷塘月色》里描写的那样，“月光如流水一般，静静地泻在这一片叶子和花上。薄薄的青雾浮起在荷塘里。叶子和花仿佛在牛乳中洗过一样；又像笼着轻纱的梦。虽然是满月，天上却有一层淡淡的云，所以不能朗照；但我以为这恰是到了好处——酣眠固不可少，小睡也别有风味的。月光是隔了树照过来的，高处丛生的灌木，落下参差的斑驳的黑影，峭楞楞如鬼一般；弯弯的杨柳的稀疏的倩影，却又像是画在荷叶上。塘中的月色并不均匀；但光与影有着和谐的旋律，如梵婀玲上奏着的名曲”。我们知道，朱自清的这篇散文写于1927年7月，作者那时在清华大学教书。他描写的荷塘原是一个平凡的处所，经过作者的渲染、着色，变得十分美丽，并且诗意盎然。王兵先生画朱自清，画他在荷塘边的读书赏月，是要费一番思索的，表现出来并非易事：一来，月夜里是很难读书的；二来又要画出荷塘的月景，照一般来说，是不容易表达的，荷塘容易画，月色则较难着墨。众所周知，画家作画，不怕画断山衔月，就怕画月色，因为月景的波光林影时刻在变幻着，很不容易在画面上表现出来。清代的国画理论家汤贻汾曾说：“画月下之景，大者亦晦，在晦中而须空明。”的确，要在晦暗中见空明，是很需要独特的表现手法的。曾经有人提出画月亮的方法：“月景阴处染黑，阳处留光。”话是说得透彻了，可表现起来，又是何等的困难啊，但是在《朱自清读书图》里，画家为我们既展现了委婉细致的月色之美，又抒写出青年朱自清善于读书思考的学者形象，真是殊为不易啊！

感受到对人物神韵把握之准的，还有那幅《边塞图》。这是根据王维《送元二史安西》诗意创作的一幅写意人物画：西出阳关策马远行的人就要离别了，在漫漫古道边的破败的草棚中，摆开酒宴，为即将远行的故交知音送别，诗人不愿意讲过多离愁别恨的话，只几杯离别的酒，流露出了依依惜别的无限深情。整个画面，情意浓韵，让人产生无限的遐想，正是一阵细雨过后的清晨吧，蜿蜒的官道上，灰不起，尘不扬，空气澄净，水洗新绿，草棚旁的胡杨柳，没有往日那般悱恻，显得格外青翠，是天意不忍再看离别的悲切？是特意为今晨远行人的安排？也许都是吧。古往今来，在这条古道上，一路尘土飞扬，曾经遮蔽了多少送别者的眼泪，夹道依依的胡柳啊，又留得住多少过往旅人的踪影，谁能说得清？流连于画前，也使我们慢慢地走进了画里，感叹之余，留给我们的，只能是“断肠声里唱阳关”的叹息啊！

应朋友之约而创作的《满江红》，更是再现了当年岳飞的“壮怀激烈”“饥餐胡虏肉”的热血情怀，那浩瀚东去的大江在初阳中如血染般碧红，诗人饮马大江，伫立江岸，遥望无尽的远方，在那国破山河在的故土家乡，有肥沃的土地和父老乡亲。整幅画面，表现出了诗人的慷慨激昂，也让人感受到了诗人难以抑制的胸中怒火如波涛一样翻涌不息。可以想见，画家对这首词的时代背景和诗人的抗金经历都是耳熟能详的，不然不可能把诗人那艰苦卓绝而志不能愿的情感表达得如此充分，同时又淋漓尽致地把诗人“待从头，收拾旧山河”的旷大胸怀表露出来。看这幅画，仿如听到诗人那高亢激昂的对敌宣言，怎能不让人感同身受啊！

我们说画人难，主要指的是在准确把握人物情态上有难度，如果仅仅是“像”，那又何尝难之有？依瓢画葫芦不就得了嘛。王兵先生在这方面还是下过一番苦功的，尤其在传统人物画上，笔墨歌舞，狂姿逸态，高格古韵中流于自然之美，传达出画家的情感与气质，使笔墨节奏变化产生特有的韵律，提炼出所要表现的主旨意象，不铺张，不媚俗，该飘逸则飘逸，该简古则简古，有自己抒情言志的艺术语言。如《秋韵图》里的白发老翁，还有《水帘幽思》里的李清照，均以现代笔意和审美意识来理解并表现古代人物，让人禁不住走进特定时期的人物内心，感受他们的情感历程和心路历程。而画家本人，也在这些画作中得到启迪，并在学养造诣上得到升华，在喧哗都市生活中养无垢之心，修真善之德，使心境映出画境，从而达到人格和画品的完美结合。

疏淡含精匀

疏淡含精匀，摇荡花间雨。此语用来评价高伟先生的工笔画，评价他的技法和构图用色，倒是十分精当。

认识高伟先生，是在某年一次“著名书画艺术家进校园”笔会上——具体年月实在记不清了，只记得是灌云县一所小学里，连云港市几个著名书画家在学校会议室的案几旁排开来，大家都在兴笔挥洒，学校的美术老师带着学生在旁边观摩。书画家们个个气沉丹田，集中思想和精力，每笔每画都浸透着深厚的功力和丰富的情感。

这其中，就有高伟。

高伟当时正在画兰。一笔下去，枯涩两分，深浅有致，顺畅而灵动，寥寥几笔，劲风中几株兰草就跃然纸上。那风势，那风中坚毅的兰草，让人有身临其境之感。我知道高伟是画工笔花鸟的，并且取得了相当高的成就，没想到他的水墨也如此见功夫，如此充满法度和传神，不但具有文化意义，还具有美学教育意义。我一下子就喜欢上了。可见认识一个画家，还是要有全方位的了解的。那天上午，他一口气画了四五张水墨小品，除了兰草，还有墨竹和花鸟。他这几幅水墨画，有着深切的文人画风骨，笔性上应该是取婉约派之长，也结合了豪放派的险峻，洗练、简约中，透着飘逸，古拙、严谨中，又不失缜密、纤浓，是小品中的上品。清代画家恽寿平评价元代文人画时，曾说过："幽亭秀木，自在化工之外，一种灵气。惟其品若天际冥鸿，故出笔便如哀弦急管，声情并茂，非大地欢乐场中可得而拟议者也。"（《南田画跋》）高伟的水墨小品，可以说也得文人画的风骨，不但体现了"幽亭秀木"之妙，也体现了"化工之外"之法，应该说，是他深厚学养的自然表露。

不久之后，《连云港文学·校园美文》也组织艺术家进校园，高伟先生也在受邀之列。照例是现场作画，交流创作，喝酒闲谈。我和他又有了更多的接触，聊得也更为开心和尽兴，知道他对文人画颇有研究，特别是元代以后，以“元四家”和“明四家”为代表的文人画，给他以很多的启迪。高伟先生在研究和实践中，自觉不自觉地向他们靠拢。这样的靠拢并不是依瓢画葫芦，而是以心感应，找到适合自己意趣的切入点，融入自己的思考和心得。我们知道，我国传统的人文精神和文化精神，无论是儒家的“温良恭俭让”，还是佛家的“忍”和道家的“柔弱胜刚强”，都提倡“化刚为柔”。进入绘画领域，亦是如此。高伟是深刻领悟到这些的，他的绘画理念就是以清淡、阴柔为宗，平淡中有天真，清明中有境界，有传统文人高蹈出世的心境。我这样说，也许高伟先生并不买账，但从他的画中，我确乎是谙悟了此点。待看到几幅白描花鸟画之后，我觉得高伟先生在线条、水墨和铺陈设色等方面，不仅在“形”与“意”上把握得体，具有纯属个人的意趣和审美，也自觉地迎合了传统的欣赏追求。

最近几年，我和高伟先生有过数次交流，有时候是在笔会的间隙，有时候是在会议上，更多的是三五个好友的聚餐和茶会上。由于对艺术都有共同的爱好，有意无意间，会聊几句，当然也会涉及他的专业领域。他是大学的美术老师，读画写画是他的专长，教书育人更是他的本业。说到中国画，他感受很深，总是能够娓娓道来，对当下的绘画现状和未来的中国画发展心存忧虑，对学生的基本功参差不齐也时有感叹。高伟给我的感觉，是个有责任感的画家，也是有责任感的老师。众所周知，随着几千年的发展，艺术已经改变了它原有的观念，变换了最初基本的范畴，进而重新诠释了自身的旨趣。当旧有的文化传统遭到责疑的时候，许多画家似乎也把握不住是应该用传统的艺术标准还是用现代的标准来衡量，因为许多人往往为“继承”和“创新”而纠结。但是，在高伟这里，无论是传统的一面，还是现代的一面，他都用自己的欣赏趣味加以吸收并转化成自己的创作心得，一方面将这些心得传达给学生，另一方面又将这些心得运用到自己的创作实践中。他的许多幅作品，可以说既有传统的功力，又有现代的意境，结合得极其巧妙。

从我个人的艺术趣味和艺术立场来说，我可能更偏向于传统意义上的中国画。如果仅从美术思潮而不是从风格上来说，我更喜欢“传统派”。当然，艺术都是有发展的，维护中国画的本质意义，并不是从图式上来重复古人的风格，当然，在某些方面，还是要重复的，比如在技法、造境、笔墨等方面，没有随心所欲、笔到意到的用笔能力，就很难表现出来。高伟先生的画我看得不多，仅就我所见到的他的几张白描工笔花鸟画来看，他对于传统中国画有着自己深刻的体悟，那精细的用笔，独到的造型，冲淡、清奇的意境，以及典雅、流动的气质，无不是汲取了古人的营养，那飞鸟、兰花，那天鹅、夏荷，仿佛有宋人的影子，又有元人的味儿。

记得有一次，几个艺术家到连云港师范高等专科学校采风，由李庚国带队，同行中有画家王兵、江祥荣和王龙等。大家一路谈说，话题离不开中国画的现状和未来。对高伟新近创作的画，也有些许期待。但是，当我们在高伟的画室里，看到他新创作的十几张工笔花鸟画时（有的还未完成），真是大开了眼界。无论多大的画幅，他都能做到处变不惊、心平气和，在细微处下足了功夫，静心品评，能感受到花儿的开放，能感受到鸟儿的叽喳，能听到天鹅的窃窃私语，甚至露水的潮湿和阳光的温暖都“触摸”得到，线型、轮廓清晰有度、强弱有度，朦胧亦有度，是黄昏时分，还是五更拂晓，都能从设色上表现出来，真是幽静雅丽，耐人寻味。蒙高伟先生错爱，要我为他一幅画题诗。这幅作品是他这系列作品中出类拔萃之作，反映的是天鹅世界的一个悲剧故事，一只美丽的天鹅死了，众多天鹅在为同伴哀悼，它们神情各异，高贵而肃穆，仿佛一曲古典抒情乐曲，也仿佛一首美丽的诗章。我们都被作品所感动，但同时也感觉到，不管什么样的语言或诗句，也无法表达画面和内容的意境。我沉吟半晌，勉强想了两句："从此哀怨与谁诉，寂寞天界有此声。"我知道，这两句根本没有完全表达出此画的意趣，但也是竭尽所能了。题画诗向来难作，又何况我等平庸之辈呢。又一想，能在高伟的画上题诗，留点自己的印迹，就算佐证我们之间的友情吧。

2011年3月10日下午写于新浦河南庄

漫笔许厚文

许厚文先生是连云港市文化名人之一，他不仅创作了一批文史方面的专文、论著，还和崔月明先生合撰了《连云港艺文志》，开新时代先河，大家争相传阅，一时“纸贵洛阳”。现在，市面上求得一本《连云港艺文志》已属难事。目前，许厚文先生正在紧锣密鼓地添加内容，准备修订重印。

我和许厚文先生交谊还要从十多前年我在晚报任文艺方面的编辑说起，那时听说他在撰写一部板浦“二许”的年谱，一来想先睹为快，二来也希望能在《苍梧晚报·海州湾》副刊上连载，为喜欢连云港地方历史文化的朋友提供有价值的资料。但是，当我想方设法找到他联系方式的时候，他正作为连云港市书法艺术代表团的成员访问韩国——原来，他还是连云港市名头响亮的书法家和金石家，其书法和篆刻艺术成就突出，成为一代翘楚。

和许厚文先生第一次合作，是约他写一篇关于李汝珍砚台的文章。不久之后，他就把文章写好了，题目叫《李汝珍砚铭面世》，于2001年11月6日发表在《苍梧晚报·海州湾》副刊上。这篇稿子一经发表，立即引起研究《镜花缘》的专家的注意，被许多人在多篇文章中引用。

许厚文先生研究连云港市地方历史文化，取得了不俗的成绩，但这只是他工作的一个方面。他突出的成就，还在于对金石书法方面的贡献。他为我国许多书画名家制作了铭印，仅一本《厚文金石录》中，收录的就有数百方。崔月明先生在《厚文金石录》中，高度赞扬了许厚文先生在书法篆刻方面的贡献："他的作品洗练有力，厚重圆润、苍浑古朴、气雄力健，给人以真切、自然、豪放之感，具有极高的审美价值和艺术品位。"这样的评价可谓十分准确。

不久前，我有幸得到由他题赠的一册《厚文金石录》。这真是一本厚重的大著，不仅开本奇特、装帧豪华、印制精美，仅就所收的数百方作品来看，也是蔚然壮观，风格各异，体现了很高的艺术水准，或优雅灵巧，或粗犷雄浑，或质朴率真，充分展现了许厚文先生在艺术追求上的多样性。我对于书篆艺术了解不多，所谓的“欣赏”，更多的是从文艺学上的考量得来的，也不过是粗浅的印象。对于许厚文先生的篆刻艺术，我感觉，可以用壮美来形容。壮美，也可称阳刚美，这是一种能催人振奋的美，追求的是崇高、正大的气象和荡气回肠的视觉冲击力。在谋篇布局和间架结构上，呈现出激烈的矛盾冲突，在冲突中，通过矛盾激化，达到和谐统一的审美效果。在刀法上，许厚文先生大多是选用铲、削等粗犷有力、起伏较大的方式，使作品自然形成一种雄浑、奔放、粗犷、冷峻的特征。这类作品有《有始有卒》《同心协力》《天池》《飞泉》等。有时候又以曲线的回旋流动和丰满运动为形式特色，线条既流畅又劲健，形状既大方整一又充满田园诗般的韵味，在细细把玩中，感受到强大的生命力和律动感，代表作品如《海宁州》《国色天香》《苏鲁画鱼人》《江苏灌云南城人也》等。有时候又采用不均衡式，利用矛盾中共有的竖划将作品一分为二，看起来虽不对称，但在视觉分量和美感心理上仍不失平衡，具有不规则性和运动感，美不胜收。但我们欣赏许厚文先生篆刻艺术的壮美时，并没有忽视他作品中不时透露出的秀美。他的许多方名印，有的婉约柔和，有的清秀妩媚，有的娇美轻盈，也有的典雅温润，能不时唤起观赏者的愉悦之情。许厚文先生的这类作品其实也不在少数，追求的是一种平和、宁静、清逸的禅意境界。

许厚文先生的书法也很有个性，简朴大气，不事雕琢，不加修饰，一任真情流露，市区许多家店堂牌匾都出自他的手笔。而我最喜欢的，还是他的书法小品。据说，上海世博会期间，他应有关部门之邀，创作了数十本书法小品集，都以较高的价格被海内外爱好者收藏。我也请他为我制作了一册，在十数幅书法小品中，有篆书、隶书、行书，也有甲骨文，真是变化多端。在篆书和甲骨文后边，还有释文，也体现出了他的细心。而最有个性和特色的是，他能够把书法和篆刻艺术巧妙地结合，也正如崔月明在《厚文金石录》中所说的那样，“他的金石之作藏有书法之妙趣，书法之中又含有金石之神韵……”

许多文人雅士喜欢和许厚文先生交谊，一来是因为他率真的性格，二来是因为他的文人品格。如今，他的书篆艺术已经进入成熟期，他本可以享受成功的喜悦了，但他仍然孜孜以求地在艺术的道路上，每天手不释卷，汲取众家之长，为丰富并巩固自己的艺术成果再添新的动力。

书家敬伟

书法艺术中的笔势，其变化和异动，仿佛文学写作中的语感和节奏，体现的是一种独特的韵味和风格，是一种只可意会、难以言传的东西，是书法家艺术性格和艺术特征最自然同时也是成熟的表现，更是一种不恃法度而又不离法度的艺术境界。可以说，书法家李敬伟先生的书法艺术，已经自觉地进入这样的情境中。展读他近年刊印的几本书法作品集，更是深切地感受到艺术家在笔势上的变化和探求。艺术家在为我们奉献了无数场艺术盛宴的同时，也给他自己的艺术创作留下了一串串坚实的脚印。

众所周知，只要肯下功夫，做一个书法家，也许并不难。但是，做一个有独特艺术个性的书法家，就不是件简单的事了。就像文学界我们熟知的那些作家，提到周作人，会想到他的飘逸洒脱；提到谢冰心，会想到她的委婉清丽；提到朱自清，会想到他的工笔精雕；提到鲁迅，会想到他的洞彻犀利；提到郁达夫，自然又会想到他的激情奔放。就是当代成名的作家，比如余华、苏童、莫言、贾平凹、孙甘露等，哪一个又没有自己的艺术个性呢？而书法家李敬伟先生，经过这些年的历练，书法作品已经呈现了自己清晰的面目。我个人的感受，就是浑穆的笔势、峻厚的抒情、庄谐的趣味和舒徐自在的表达。还是去年岁末的某天，我在民主路郁洲茶庄的店堂里，看到李敬伟书写的一小幅字，内容是苏东坡的《茶》诗，虽然是一幅应景之作，我还是被自成一格的法度所感染。仅就这幅书法小品揣摩，虽然隐约可见北魏书体的影子，在用笔上却是从容不迫、流转自如，又似名士清谈，娓娓道来，无所拘羁。初一入眼，构思似乎不那么精到，细细品味，才觉得其实那是书家的精巧用心，飘逸中自有定格，洒脱中不显得枝蔓，“放”和“收”得到很好的统一。

不久前，我拿到敬伟先生的几本书法作品集，自然就想到茶店的那幅书法小品，心里生出许多期待。回家后，便迫不及待地一本一本翻读，在茶香中细品他的书法大餐。对他作品的整体感受是，不拘谨、不呆滞，幽玄中透出辛辣，劲健中含有典雅，古拙中藏有纤秾，很亲切、很友好，一点架子都没有，更没有故作姿态、卖弄技巧，有一种不假雕饰、不慕词彩，观其气度有似等闲的大家风采，仿佛与老朋友一起很有兴味地清谈，在不知不觉中，触景生情，探得某种妙理，引导我们去咀嚼、去体味。《四十岁墨迹篆刻》多以行书为主。那一阶段，敬伟先生的行（草）书可以说是进入巅峰状态，他创作了大量的行书作品，出展和获奖的，也大多是行草书。他行书袁枚的《随园诗话》句，颜之推的《颜氏家训》句，周敦颐的《爱莲说》，傅山书论数则，等等，无一不是这方面的精品力作。最喜人的是行草书陶渊明的《五柳先生传》，一路写下来，气畅神明，充分显示出敬伟先生漫而不散、纷而不浮的风致和气度。读之，品之，也仿佛漫步在书海和智林之间，温润、闲适，就像他平常的话语一样亲切平和。

但是，从2010年刊行的《李敬伟书法作品》看，敬伟先生的艺术境界又提高到另一个层面和高度。我注意到这本集中，除了收录了他的数幅书法作品，还收了周源茂、谢天勇、李志宏等人的评读文章四篇，另外还辑录何超等五六位书家的评论数则，从不同的角度，对敬伟先生的书法艺术进行品评和评论。我特别欣赏并赞同陈鼎明的一段话，说这一阶段敬伟先生的书法能够把“碑与帖聚拢到一起，既充分发挥它们每个个体的作用，又团练一气，形成群体的凝聚力。这样排列到一起，便产生了动人心魄的魅力，出人意料地制造出冲突与矛盾，又不露声色地化险为夷出奇制胜”。纵观这一时期敬伟先生的书法作品，确实是在变化中，而且是在不断变化中，把多年来的积学，加以消化，又融入了自己的艺术元素，创造出属于自家特色的书法作品。这是艺术家最难能可贵的地方，也是趋向成熟的标志。试想一下，如果一直跟着别人走，最高境界也就是“学得很像”，不能够成为具有自己个性和面目的一代宗师。而敬伟先生正是意识到这一点。我不敢说他已经形成了自己的书体，但他在努力形成自己的书法风格。我想，敬伟先生是有这个胆气和能力的。“积学以储宝”，多年以来，敬伟先生能够在书法艺术上取得大成就，显然得力于他渊博而杂陈的知识，他在《学书随想》里说过这样的话，中国传统书法“非常强调艺术家的综合素养。如果书家不通文理，只知写字，则难以达到艺术的至高境界……近年来，我深深体会到读书的重要性，把更多的精力用在读书上，增加古典文学知识，提高自身修养，陶冶性情，不断丰富自我，为书法创作提供深厚的文化支撑”。这段话很好地诠释了他如今在书体上的探求，诠释了他在艺术上取得的个性鲜明的成就。话再说回来，如果没有广纳博采的知识和丰盈的见识，也就没有运用这些知识的本领，当然也就无法信手拈来、挥洒自如的艺术创造。

我是一个虚构文学作者，对于当今的书法界知之甚少，即便是欣赏书法作品，也大多是从文学的视角去审察和观感，从中体味艺术的奇妙和趣味。对书法家李敬伟先生近期的书法作品，则更是因为朋友关系而有了更多的接触和赏读，当然，也就有了上述一星半点的心得和体会。

2011年3月28日于新浦河南庄

秉华山水

当我在键盘上敲打出“秉华山水”四个字时，心里有一种别样的快意，觉得再贴切不过了。“秉华”不仅是画家的名字，也是画家艺术创作的追求，自有一种气质和美好，自有一种底蕴和华丽。汉语讲究语感、语境，书画艺术也是这样，讲究的是意境和情境。“秉华山水”至少合我内心的愿景，也是我品读韩秉华先生的艺术作品的真切感受。

认识秉华先生已经有十余年了，也零星在某些场合见到他的书法和绘画，最初的印象，是佩服他的基本功好，所以才敢于着笔，敢于变化，敢于画大气象的山水。集中看他的艺术作品，还是在一次多人展览上。那段时间，在连云港艺坛上，有一群气味相投的艺术家，常常聚在一起探讨艺术创作上的各种经验和感受，相互激励和点评，有些“竹林七贤”的意味，也有些“扬州八怪”的雅趣。他们集中搞一次大型展览，也就顺理成章了。在那次展览上，秉华先生展现了他出众的才华，书法和水墨山水画一起上，引起了不小的轰动。也是在那次展览前后，我和秉华先生的接触开始多起来，渐渐对他创作风格的演进和艺术追求的旨趣有了一些直观的了解。茶聚闲聊或把酒畅谈间，我越发地觉得，秉华先生的艺术事业，必将有更大的发展和更新的飞跃，因为他秉承的是中国书画的传统，是行进在一条正确的道路上，加上他的才华、气质、用功和本身的年轻，在当今画坛，会开辟出具有自家面目和独特个性的一方天地来。

近十年时间眨眼过去了，看到秉华先生的一组新作，是在《中国当代书画》上。这本汇聚中国当代名家的画刊上，一下子登了秉华先生的六幅作品，占七个页码，还配合他自己的创作谈和宝贝女儿的一篇艺评。可以看出，出版方是以隆重的形式推出的。就这几幅作品而言，画家大胆而惊艳的浓墨重彩和精细的收拾，让我震惊，也让我不禁想起古人的画理，想起“元四家”“明四家”那些在中国画坛上留下光辉足迹的名流，但又可以说完全找不到他们的身影，找不到他们的元素和符号，而是全部消化在画家自己的构思和笔墨中，从而形成了具有独特个性和面目一新的艺术语言。《红叶青山锁白云》中的红色山崖，《林泉清韵》中的山体结构，不仅是技法的完全不同，就其用色而言，也突破了一般的传统，运用了现代派艺术中常常见到的装饰风格，对比强烈的色块之间既有跳跃又有组合的艺术处理，既保留了常规技法，又剔除了传统法理，关键是整体协调，毫不造作。无论哪一门艺术创作，其高低之分，都是在细微处不经意体现出来的。因而，我可以这样说，秉华先生的创作，已经自觉地进入属于他自己的情境当中。

近段时间，和秉华先生交流更多一些，看他写字作画，自然就成了我的享受。他写行楷，写行草，写行隶，都是心到意到，布局清爽，整体和谐，仿佛读一篇充满情趣和哲理的妙文，让读者心情畅快。这和他多年的临帖和修炼不无关系，用他自己的话说：“取法米芾并追溯二王，兼收当代名家之长，且能化众家神采为己用。”看得出他在书法追求上的用心和用力，他的书法能达到今天的境界也是水到渠成。我手头还有他画的“梅兰竹菊”几幅小品，寥寥数笔，于古拙简约中透出灵动之气，且风雅别致、赏心悦目。我时常在茶香中，慢慢品读，细细欣赏，体味那份难得的清趣和悠闲，为无尽岁月留下难得的回忆。艺术之于人生，能与别人共享和共鸣，也是秉华先生的另一种成功吧。

不久前，我在秉华先生的书房小坐，一边品茗，一边听他喁喁小谈。气质上，秉华不是那种张扬外露的人，修养和心性都很平静。他谈书说艺，大都能切中要害，平白的表述中，总有惊人之语。腹有诗书气自华，思如泉涌笔生辉，艺术家的底蕴，真是从谈吐中可见一斑啊！

2011年3月18日草于新浦河南庄

小楷庚国

朋友之间，喜欢称李庚国先生为李庚老。李庚老其实不老，离退休还差几年，能让人称“老”，主要是因为他的做派：或展纸研墨，或举手投足，或言谈说笑，处处都像传统的文士或先生。即便是朋友小酌，或清茶一杯的喁喁闲谈，他也像旧式文人那样，不急不躁，轻声慢语，修行和学养都让人钦佩。

在如今，能有李庚国先生这种定力的艺术家实在不多了。李庚国先生对一平尺多少钱似乎不在意，从没明码标价过，要是朋友索字，他都一口应承，要不了多久便书写完成。有好多次，在好友的画室里，李庚国先生静静地吃着烟，品着茶，看人写字作画，不言不语。若欣赏某一笔或某一画时，他会轻轻点头，表示赞许，也会由衷地说一声“好”，都是不惊不诧，神态安然。他曾经说过，看别人写字作画是一种熏陶，也是一种艺术的享受。话虽这么说，能享受这种享受的先生，其境界和情操都是非同一般的。有一事例可以作证：李庚国先生平时访友或聚会，都会随身带一只布袋，遇到投缘的朋友，他会从布袋里拿出一幅精心创作的字来，温和地笑着，请对方欣赏，也请对方评价，然后再大方地送给对方。在他看来，真正喜爱书法艺术的人毕竟是少数，偶遇一两个知音，便以作品相赠，试想，没有人喜欢，你的书法作品价码再高，也是阳春白雪。所以他信奉的是“识者为乐”，信奉的是“以书法交友”。他曾偶得数张“老纸”，历史在百年以上，色质和手感还是那么美妙。一般人对于这样的宝贝，一定当着秘籍一样收藏，他却创作了数张书法小品，大方地赠送友人。

平日里，抄写经卷也是李庚国先生的一大乐事，《金刚经》《心经》《阴符经》等他都抄过无数遍。抄经不仅是提高书艺水平，书写的内容也是自我学养提高的一大要素。在这个过程中，人的精神和心理都处在一种平静、祥和中，书法作品自然就消除了烟火气。

我对佛学略有涉及，盖因为年轻时喜读张中行老先生的文章，特别是喜欢闲翻张老的《禅外说禅》。张老的敦厚和学识一直为世人所尊重，书法大师启功先生说他有“悲悯的大愿”。李庚国先生的沉着和庄重，也透着佛家的风采，因此，我便请他为我抄一本佛经，用的是工整的小楷。善书者大都知道，小楷看似容易书写，其实难以出新。李庚国先生在小楷上是用过心力的，临了多少法帖我就不知道了，《换鹅帖》《养生论》《太上老君说常清净经》《文皇哀册》等，不胜枚举。据说，他每天凌晨早早起床，在家人熟睡之际，一写就是几个小时，直到天亮。我能想象得出，他在夜深人静之时，一边听着散淡抒情的音乐，伴着窗外飘扬的小雨，心情是舒畅的、摇曳的，人随墨走，字由心生，那份惬意真是飘然于世外啊！有时候我也会想，什么时候，我也能置帖于案头，煮茶揽兴，抛却琐事，无喧嚣于耳，无杂乱于怀，写字研画，陶情冶性。但这样的大境界恐怕是我等俗人难以企及的。李庚国先生为我书写的这本佛经，每个字都是有讲究和法度的。庄严中赋予优雅，俏丽中又有凝重，不猛不弱，不沉不浮，有形有骨，有神有气，又有晋唐的风范，达到了一个新的高度。其书风简静中和，优雅脱俗，可以说少有瑕疵，精到完美，和佛经相辅相成，能看出李庚国先生一路书写下来的那宁静致远、与世无争的情怀。

众所周知，小楷书自晋代以来，历朝历代都出现了风格不同的书家，如妍美流丽、雍容尔雅的赵孟頫，还有俊俏挺拔、刚劲古朴的黄道周，至于敦煌写经和残卷、墓志、碑刻等，就更是数不胜数了。李庚国先生从中借鉴和吸收，再加上自己的所思所悟，便有了他今天的百川河流归诸大海的气质和神韵。他创作在黄绢上的书法小品，如稼轩词一首《青玉案·元夕》、陆游词《卜算子·咏梅》等，楷中兼行，行中有草，看起来是那么和谐一体，都是可以拿来把玩和赏析的上层之作。

我还欣赏过李庚国先生的一幅行草书法，录的是《后赤壁赋》，整幅作品气韵相连，一气呵成。难怪古代书论把书法比喻为“无声之乐”。是的，我所理解的书法，在形式上，和音乐的确有许多相似之处，书法和音乐共通的是，在整体上，都讲究章法和节奏，而书法也有音乐的旋律美、音韵美。李庚国先生的《后赤壁赋》就像一曲旋律优美的钢琴曲，疏密有致，流畅自如，细细品读，能感受到在力度上的强弱和刚柔，在速度上的急缓和断续，在结构上的起伏和高潮，其丰富的节奏感，给人以音乐美的享受。而在书法小品《陋室铭》中，他把音乐中的顿挫、转合更是发挥到了极致，不大的一幅书法小品，段落之间勾连得当，转换自然，有法度又不拘泥于法度，配上大小不同的印章，看上去就仿佛在听一曲抒情的音乐小品，清新怡人。

李庚国先生身边汇聚一批文化教育界的精英，其中也不乏书法家、美术家、艺评家和艺术鉴赏家，长期和他们交流技艺或品评玩赏，潜移默化中，影响了他的书艺精进和艺术拓展。不久前，李庚国先生在家设宴雅聚，来的都是文人墨客，大家欢声笑语，把酒畅谈，不禁让我想起宋人李公麟和苏轼、黄庭坚、米芾等人常到王诜家做客的情景。据说，宋朝是历史上文人思想相对活跃，生活也相对安逸闲散的时代。当年他们在王诜家的聚会，曾被大画家李公麟画在《西园雅集图》（现存各种摹本）中，一时传为美谈。米芾为此还写了一篇文章，记录他们在花园中饮酒、作诗、写字画画、谈禅论道的情景。李公麟的画好，米氏的文章更妙，现在想想，这该是一次多么快意的雅集啊！我也希望李庚国先生家的雅集不断，如果由此也能诞生一幅《雅集图》，说不定也会流芳百世呢。

2011年8月28日

小扇面大气象

江祥荣先生是连云港市著名的山水画家，搞过个展，出过画册，也得过各种奖。最近，他精心制作了一批扇面，也是以山水为主题，有的画在成扇上，有的是扇面作品。在他的工作室里，随处摆放着他新近完成的成扇，扇面上的远山近水、绿树人物，给人一种清新静雅、安然恬淡的感觉。一看用笔和墨色，就知道他运用传统技法的功力深厚；再看构图，又可感觉到他在对传统中国画的理解和传承上，添加了自己独到的思想。

扇面山水画历代都受文人墨客欣赏、喜爱，许多人都以拥有名家作品为荣，以此来助酒兴，或助谈资。此外，扇面作品还能给雅室增辉，而成扇，既可把玩，又有实用功能，所以，扇面作品从古至今都是艺术市场上的香饽饽。

江祥荣的山水扇面，整体上讲，艺术层次相当高。画面中，山山水水或虚实相间，富有层次；或山势逶迤，翠峦重叠。我看过他一幅《清谷幽远》的扇面。青翠的山势起伏延绵，宁静幽深，有草亭立于半山腰上，亭前石阶蜿蜒，通连山脚；瀑布自山上飞流而下，沿溪涧汇入湖中。湖岸洲渚交错，岸边植树数株，红墨绿三色参差相依；溪的另一侧也是丛林叠翠，可以想象，在古松修篁的掩映下，傍山面湖，有书斋一楹，书斋里陈设简单，有桌有椅，有书有棋，当然也有画有琴。溪涧之上，有一架木桥，一老人作儒者打扮，手扶长杖，正从桥上经过，并向草亭遥望。而草亭一侧的平台上，另有三个老者，一个背身远眺，欣赏远山，两个相对而坐，穿绿衣者手持经书，正在朗读，另一红衣老者，应该是他的听众了，聚精会神。这幅作品中，画家以水域的空灵对比山峦的浓厚，肃穆宁静的画境，顿时增添了欢快活泼之感，给人以明快、清朗的审美感受。另一幅《过秋红叶落新诗》也是以意境取胜，构图饱满，笔墨润泽，点景与山川相映成趣，另有一番韵味。《白石溪边》明洁秀润，气韵浓郁，立意高旷清淡，深邃隽永，展现出一派志存高远、淡泊恬静的情趣。《观瀑图》则构图雅致，疏密有致，重内涵，重气韵，讲意境，画面由近及远，上下呼应，虚实相间，很耐琢磨。

江祥荣的山水扇面已经形成了一个系列，是他绘画的重要组成部分。在艺术追求上，他充分展示各种笔墨技巧，在勾线上，重空灵，在苔点上，重细密，而且多用皴笔，使画面干湿浓淡恰如其分。在整体铺排上，他注重左右照应，明暗适宜，山体苍而秀，林木朴而茂，富有立体美感。再说他所画的树木，注重参差有致，位置适宜。细心观察他画的树叶，勾、点、圈互用，形式多样，穿插自如。所写山岗、丘陵、斜坡、湖岸，则纯用侧锋、枯笔，真可谓笔墨简练，蕴涵无穷。通过点线和深浅浓淡的组合，秩序井然，构成一幅和谐的画面，使观赏者油然产生“洗尽尘滓，独存孤迥”的心境。

我和江祥荣先生交谊很久，虽在艺术上有不同理解，日常生活中也常有争执，就连打牌有时也会争得面红耳赤，但大多是艺术上的，或对事不对人。令我十分钦佩的是，江祥荣的笔墨基本功很扎实，我想，这应该得益于他对传统山水画的研究和临摹。他通临大师，不局限于一门一家，只要优秀的作品都拿来细心研读、精心揣摩。我在他的工作室里，常听他说起自己的绘画经历和下苦功的临摹。从唐五代时期巨然的《秋山问道图》到宋人郭熙的《早春图》，再到元代画师倪瓒的《渔庄秋霁图》和黄公望的《富春山居图》，往下一直到明代董其昌的许多山水作品及清“四王”的山水画，他都曾一一对临、背临。正是这种执着的求学精神和不懈的韧性，才使他打下了扎实的笔墨基本功，为他今天取得的成就打下坚实的基础。他的山水扇面处处传达出艺术家对生活、对生命的热爱和追求，一草一木都充满了浓郁的园林气息，葱郁的山体与丛树，造型别致而有意趣的亭台楼榭，或对饮，或对弈的点景人物，都为画面增添了诗意与情调，营造出了深远的意境。

有理由相信，江祥荣先生凭着对中国画执着的追求与不断的探索和思考，一定会在艺术道路上百尺竿头，并留下属于自己的成果。

2012年5月26日写于新浦

小木楼看画

连云港新浦公园北侧有一个小院，院子中间的一湾湖泊里，漂着墨绿的莲叶，开着数朵粉色的莲花，清风徐来，莲花月影，暗香浮动，颇有情调。湖畔墙边，坐落着一座古意亭阁，连云港市知名画家王兵先生的工作室就在充满诗情画意的亭阁上。

（一）

王兵先生一九五八年生于上海，自小受其父影响，耳濡目染，学书写画，打下了坚实的基础，青少年时期，曾得著名画家董欣宾先生启蒙，后又在南京艺术学院、中国美协中国画高研班等艺术殿堂学习、深造，画艺更是精进，形成了“简古、峻峭、奇宕、洒脱”的个人画风，成为全国二〇〇八年“最具市场升值潜力的十大画家”之一。他的作品，入选过《江海书画选》、《中国书画报》、二〇〇八年“世界华人庆奥运名家书画大展”等。他的一幅国画曾以头条位置发表在《第十一届中国当代实力派书画拍卖专场选刊》上，并最终以一万七千元被藏家买走。数年来，他还有多幅作品被数十家机构和知名收藏家收藏，十多家报纸杂志发表过他的画作和关于他的艺术评论及专题报道，如《中国书画报》《国画家》《天津日报》等，《国画家》将《吴承恩踏雪觅仙踪》作为“特别推荐”发表后，又隆重推出《王兵国画作品集》，在国内产生较大影响。

（二）

古人云：兵家求兵道，要下一番苦功；武士求剑道，也要下一番苦功。而画家求画道，同样没有一条捷径，依然要下得一番苦功夫，可谓“不信沙场苦，君看刀箭瘢”。王兵学画，从基础开始，速写、临摹当然是必不可少的。我曾在王兵的画案上，看过他一张三十年前的速写图，笔意扎实，构图恰当，精细中透出灵动之气。而最让人可敬的是，二十世纪七十年代末他的百余张临摹画，画的是古代仕女。那时候，他还是个意气风发的青年，正是耽于幻想、喜欢玩耍的年纪，但他却能埋头于书案，找来许多古籍典要，一张一张地临摹那些名流、大师的作品，真是难能可贵。我能想象得出他在青灯黄卷中苦苦求索的场景。后来他又不辞辛苦，到名山大川写生，与董欣宾、陈大羽、薛亮等名家交谊、切磋，都是用了一番心力的。

但是，光下苦功，还不一定能悟道，悟道和吃苦可是两码事，要把两码事弄成一码事，那才算得上真正的修炼。难道不是吗？有的人能够有机地把吃苦和悟道融会贯通，然后取得真经；而有的人，终其天年也难以做到合二为一，汗也流了，苦累也受了，依然道行肤浅。何以如此？我以为，这固然和个人的天资、心智有关，比如：豪放者，劈山裂石；谨慎者，把脉问诊；机巧者，谋官入宦；孤傲者，舞墨涂丹。但主要的，还在于是否读书、是否思考。我一直以为，作文与作画，应为一脉相通，所表达的内容无外乎人与自然、思想与情感。因此说，画之根在于文，在于文中所含的道，即所谓如诗如画也。欲想觉悟画艺之道，先必明了文艺之道。

王兵先生可以说深切领悟到这个道理，读书成为他学艺的一部分，即便是他成为国内有影响的中青年画家之后，仍然是手不释卷。在他的工作室里，经常看到他阅圈的古文艺典，比如被他翻旧的《四史菁华录》《文字蒙求》等，还有许多本老旧的《美术》杂志。此外，当代艺术家的艺评他也常常研读，细细领会，感受其中的脉望，领悟其中的性情，并能够与自己的画作产生联想、碰撞，加以引申。可以毫不夸张地说，王兵先生在艺术上能够取得今天的成就，与他多方面的才情和修养不无关系。

（三）

二〇〇八年深秋的一个下午，我到王兵先生的工作室小坐，不知怎么说到张大千，他立即引用叶浅予的话，又说到吴冠中的抽象美，说到李可染的画牛图，说到明人吴伟的《长江万里图》，说到八大山人、石涛等古代名家。

关于这些，他都能引经据典，说出个一二来，寥寥数语，准确到位，真是殊为不易。对于当下艺术家，比如范曾、薛亮、杜滋龄、霍春阳、吴长江、王培东等，他更是了然于心。对于绘画艺术中的最高境界的意境，他也有独特的理解。王国维先生说过，“境非独谓景物也，喜怒哀乐，亦人心中之一境界。故能写真景物，真感情者，谓之有境界”。王兵先生把意境看作艺术美的本源，言神韵，言气质，不如言意境。而意境的营造和抒发，同样需要画外功力，如果修性没有到位，即便谈了，拿出的作品，也充满匠人气。有了这样的警觉，再加上身体力行地去探索、实践，王兵的画作渐趋化境并取得今天的地位，也就理所当然了。

闲聊中，知道他正在作一批画，准备应广州某画廊之约，去搞一个画展。王兵先生的画风，我是稍有了解的，也曾写过拙文加以宣扬，但对于他的近作，还是想先睹为快。王兵先生拿出他的新近作品，计有《孔子问礼图》《烂柯图》《东坡诗意图》《黄山烟云图》等，果然都是充满意境的佳构，不敢说件件都是精品，但至少都体现出他的追求，即品位高雅、高缈幽远、气韵悠长而意境深邃。的雾霭和云絮，在夕照中，显得凝重而古朴，非大手笔莫办。

一个艺术家，对他的描写对象感兴趣，常常不是偶然的，往往是自己和描写对象之间有着某种内在的联系，当描写对象的某些特质可能成为艺术家借以抒发某种感情的寄托时，客观对象才可能成为艺术形象。从王兵先生的身上，能感受到浓浓的传统文人的个性。他虽然“出落”得彪悍魁梧，但内心却是细腻而温情的，有着悲天悯人的情怀。《秋声图》《秋水无声图》里，前者仿佛能听到琴声的忧郁，听到诉说的忧伤，而后者更是感受到情调的哀凄和岁月的苍茫。《盛世修典图》则符合当下火热的社会生活，盛世修典，现实生活中，新一轮的修志已经拉开了帷幕，在繁荣昌盛的社会大环境下，画家正满怀豪情地走在事业的大道上。

二〇〇八年初冬草于新浦河南庄掬云居

梁漱溟的家书墨迹

梁漱溟是学问家、哲学家，也是民主活动家。

在梁漱溟的那一辈学者当中，很多人的书法都有很高的造诣，如吴玉如、沈尹默、周作人、鲁迅等。这些学问家或文章大师中很少有人自称“书法家”，但他们的书法，又确实可以称“家”。

中国人用毛笔写字，只是以书写为目的，书法作为艺术，是近来的事。但也不是一帆风顺的，早在1930年，郑振铎、冯友兰等人就不认为书法是艺术，他们为此还有探讨和争论。据郑振铎在《哭佩弦》一文中透露，1930年4月19日，梁宗岱邀宴，席间，同席的十二位文人辩论中国书法是否属于艺术，多数人都认为属于艺术，郑振铎和冯友兰却极为反对。朱自清没有表态。郑振铎就请朱自清发表意见，朱自清认为中国书法“的确是不应该成为美术。不过中国的书法，也有它长久的传统的历史。所以我只赞成一半”。朱自清并不是和稀泥，从朱自清手稿看，他的书法还是相当不错的，但很少见他专门书写的书法作品。

梁漱溟的书法，从现存资料看，用当下的书法观去衡量，水平相当高了。他的书法以行书和草书为主，深受传统影响，虽然没有自成一派，却自有一种风格，至少可列入“学者书法家”的行列。由他儿子梁培宽、梁培恕整理、注解出版的《梁漱溟致夫人的四十九封家书》（中华书局，2014年1月出版）中的书法来看，更可确定他的书艺水准已经达到相当高的境界。因为家书是随手写来，不是刻意创作，这才是更见功力的创作。这四十几封家书属于新发现，没有收入山东人民出版社出版的《梁漱溟全集》中。“1946年1月，先父梁漱溟参加政治协商会议（重庆）后，又为推动会议五项协议之切实执行，参与和谈、阻止内战而努力。这段时间，先父奔走于重庆、北平、延安、昆明、南京及上海；而此时夫人则暂时留于北平，于是有了收录于此的四十九封家书。”（梁培宽《“浮出水面”

的“文革”中抄没的家书》）

梁漱溟的家书是写给夫人的，内容大都谈些日常生活和行程安排，也有少许涉及所担任的工作，但只点到为止，没有具体内容。这些书信，每一封都有背景介绍和释文，对于了解书信的时代背景及相关人物、事件都有直接的帮助。如果仅从书法艺术来欣赏，这四十九封家书也称得上丰富多彩了。书写的字体多为行草，如果谈及的事情多而细，字体就小而密，如果只是匆匆几句，字体就略大。家书几乎没有涂改，字体清雅而流丽，虽然所用的信笺比较杂，却能够很好地把握不同纸和墨的关系，说明书写的熟练和老道。如果是八行笺等专用信笺，走墨就更为自如和优雅；如果是普通稿纸，行墨就略有滞涩，而这种滞涩却又能透出别样的美来。

梁漱溟并不以书法家名世，他初入北大是在1917年，资历和学历既拼不过那些遗老派，也拼不过那些留洋派，但蔡元培还是聘他任教，初任讲师，后任教授，朱自清就在他班上学过印度哲学概论。梁漱溟一生学问主要成就也是哲学，写出了巨著《东西文化及其哲学》，称“吾辈不出如苍生何”。但是，后来他把解决中国问题的重点落实在社会改造上，并且出人意料地从事多年乡村教育和乡村建设的实践。真难想象，如果他一直留在高校，在学问上下功夫，会有什么样的成果呢？

老南京和《往日庭院》

“江南佳丽地，金陵帝王洲”，“六朝金粉”，“秦淮笙歌”。古都的气质，南京的情调，早就被这样“定义”了。正如我们东海籍老乡朱自清所说，逛南京像逛古董铺子。的确，走在南京的街市上，不小心就会碰到某个古老的遗痕，或这个巷，或那个楼，虽然这些遗迹有许多已经没有什么实际的建筑，只空留一个个让人遗憾的名称，却不妨过客凭吊，也不妨遐想联翩。翻翻现代文学诸多名家的文集，几乎每人都有关于南京的文章：陈独秀的《江南乡试》，朱自清的《南京》，周作人的《南京下关》，阿英的《陵汴卖书记》，叶灵凤的《岁暮的乡怀》，郭沫若的《漫游鸡鸣寺》，周瘦鹃的《秋栖霞》，张恨水的《清凉古道》，俞平伯的《桨声灯影里的秦淮河》，孙伏园的《浦镇十三日之勾留》，赵元任的《南京三年》，胡适和吴宓的《南京日记》，梁实秋的《南游杂感（五）》，鲁迅的《琐记》，陶行知的《从南京路说到南京城》，巴金的《从南京回上海》，田汉的《秦淮河之夜》，当然不能遗漏黄裳的《金陵五记》等书，还有很多很多。如果算上历代古诗文，那就更是数不胜数了。但是，之前没有一本描写民国时期南京老公馆的书。《往日庭院·南京老公馆》（百花文艺出版社，2005年1月出版），弥足珍贵地填补了这一空白。该书是评论家、《钟山》杂志主编贾梦玮先生历时三载，走访了大量的公馆别墅，在掌握许多鲜为人知的资料的情况下，穷数月写作而成。这也是国内第一部以老公馆为专题的图文集。

“公馆”一词，《辞海》上有解释。“公馆：古代诸侯的宫室或离宫别馆。《礼记·杂记上》：‘大夫次于公馆已终丧。’按，诸侯死后大夫在诸侯宫里守丧。又：‘公馆者，公宫与公所为也。’郑玄注：‘公所为，君所作离宫别馆也。’引申指一些比较高级的住宅。”而《现代汉语词典》却有倾向性地说：“指官僚富人的住宅。”

是的，《往日庭院》的重点着笔处，就是以民国时期的“达官贵人”的住宅。

南京作为古都，可谓历经沧桑，老公馆见证了繁华与颓败。南京曾经朝气蓬勃，清新俊朗，南京的公馆也沾染和体现了这清新俊朗之气，这是北京、上海、武汉、广州等地的公馆所没有的。

该书选择了具有典型意义的18座公馆，有张爱玲祖父张佩纶在南京隐居的大宅，有蒋介石、宋子文、孔祥熙、陈果夫、陈立夫、孙科、白崇禧等国民党要员的豪宅，有做了汉奸的汪精卫、周佛海的公馆，有大艺术家徐悲鸿的公馆和画室，有当年的驻华使节如美国总统特使马歇尔的宁海路5号公馆，也有国际友人拉贝、赛珍珠的住宅，等等。赛珍珠当年在南京的公馆就在南大的校园里。1998年我在南大戏剧高研班学习过一段时间，周末闲逛时，我去找过，她的老住宅，坐落在荒草丛中，墙体已经破旧不堪，似乎也无人居住，就更无人打理了。从体量看，能依稀见出当年的考究。

《往日庭院》以文字为主，配以大量的珍贵的图片，通过主人和公馆的关系，来为历史搭脉，以怀旧的情怀和优美的文字，还原历史场景和历史人物，追寻南京逝去的人和事。从民国时期的社会事件到公馆日常生活细节，使很多往事鲜活如昨，让人读后禁不住感慨唏嘘。通过这些公馆和来往于公馆的显贵，还可以从另一个侧面更好地了解民国，更好地知道那个颓败的腐朽的时代——那曾经的繁华与颓败，实际上离我们并不遥远。

南京作家叶兆言准备以编年的形式创作一部反映日寇步步紧逼下的民国南京，最后写出来的却是一部情爱小说《一九三七年的爱情》。小说中的故事和人物，许多都发生在南京的老公馆里。我在阅读《往日庭院》的时候，情不自禁就会走进叶兆言的小说里，想象着颐和路附近一幢幢大宅里灯红酒绿的舞会，想象着南京城外的枪声和硝烟，想象着爱情的缠绵和悲欢……

旧时江水旧时潮，难怪行人说六朝。
飞过夕阳鸦点点，散来秋草马萧萧。
多年王气山头满，昨夜钟声梦里消。
欲问兴亡向何处，秦淮沽酒破无聊。

梁佩兰的诗很有意味地道出了六朝古都留给诗人的感叹，“飞过夕阳鸦点点”，和“终古垂杨有暮鸦”一样，都是心境的表现。“甚是金陵古，诗人乱有怀。自安三驾老，谁暇六朝哀。曾道齐黄拙，终亏马阮才。肉髀愁不鼓，伧父过秦淮。”这首诙诡、波俏的诗仿佛在说，不必乱写怀古诗文，而忘记实际的奋进。但是，《往日庭院》不仅仅在叙述旧日的故事和故都的情怀，而是以明亮俊朗的文笔勾画往日图景来彰显今日的安宁，正如作者对我们说的，“清晨的薄雾中，鸟鸣啾啾，掩映在雪松、梧桐、广玉兰中的幢幢公馆尚在晨睡之中，我觉得它们不仅美丽，更是年轻”。能从沧桑和悲凉的老公馆中看出美丽和年轻，也许正是我们读这本书的另外所获吧。

2005年5月3日下午

大弓先生的诗意

仅从《滚石》的画面上来看，我没有看到石头，我看到的是“滚”，那么多人汇聚在一片被遮蔽的光影中，以各种向前的姿势“滚滚”而来；《三月》是怒号的大海和山野的有效拼粘，那一片花光云影，不是塔吊，也不是遍山的樱桃，是隐藏在花影里的一张张人脸；《日食》和《辙》，我看到的是通往故乡的路，特别是《辙》，故乡的路上伴随着时光飞行的速度，甚至能听到时光飞行中发出的“咔嚓”的断裂声；而《东岭》的树丛中，我看到了逝去的青春和爱情的屐痕——这是我对大弓先生几幅画的第一眼印象。

潜意识里，我很相信“第一眼”。

在我看来，试图对一件优秀的艺术品进行准确而客观的分析，以便找出某种放之四海而皆准的规律，实在是一种徒劳，也永远不可能实现。但是，我相信，大弓先生的作品所表达、所呈现的绝不是某种直观的表象的东西，就像《重叠》所传递的意象那样，那是风的重叠，是色的重叠，是人和车辆的重叠，是山体的重叠，是拥挤和拥挤，是重叠和重叠，等等，都是，又都不是。对于大弓先生的作品，我们只能通过画面，唤起自己的情感和想象，唤起自己有限的知识去拓展自己的艺术空间，以诚挚之心亲近它们、感受它们，就好比浩浩乎高山，汤汤乎流水。我们看到的《雨后》，其实是乌云，是乌云遮蔽的蓝天，而雨和乌云还在层层包围着我们，也许呢，正在酝酿更厚重的乌云以及一场更大的雨，那近景的海浪、礁石、沙滩和花朵，不过是一种假象。就像我们的语境被严重污染的那样，但真实还在。同样，《涨秋池》，秋水盈盈已经外溢，而远山在呼唤，点缀其中的艳丽的色彩，是在某种激荡之后的残留之物，“涨秋池”不过是个幌子，如果进而联想到“西窗烛”“夜雨时”那就上了艺术家的当了。我最欣赏的是《歧途》，如果没有这个名字，我们就无法知道，画家所呈现的事物究竟是什么，说它是一盏台灯可以，说是墙体一笔随意的涂鸦也可以，无非是几个模糊的且不太干净的白色色块，但是因为“歧途”的昭示，它完全可以构成视角中迷人的诗意。《他乡》，其实就是故乡。《原野》是一种敬畏和恐怖，留下的只是《幻城》。《原乡》《隐秘的湖》《二月》等作品，仍然是按照大弓的绘画语言，显现着特有的事物。《秋野》里的残荷，《红山》里的阳光，那动荡不安的残荷和群山，它不仅仅是一种绘画的元素和技巧，不仅仅是真实和梦幻之间的交叉，同时它铺陈着的是自己的诗句——当然还有《涅槃》，更是神秘主义和印象派的典范之作，在铺陈诗句而外，感受到的是更高级的诗意。

说到诗意，这也是我对大弓先生这批系列作品的直观的感受。我一直认为，艺术的境界有几个层面，情境、意境、幻境，这当然是不容易达到的境界。而大弓先生的作品，一下就飞跃到了意境上，这和大弓先生的思想境界、学术修炼和艺术信仰不无关系了。诗的意境作为精神的一种延伸，我再怎么用力，也无法用语言来表述清楚，因为诗的意境是瞬间的抵达。说到底，是人们体验的本质。感受到了那份诗意，我们就感受到了那份美好，就像美妙的音乐一样，让我们沉浸其中，陶醉其中。

《海州杂志》题签

乡前辈白化文老先生是敦煌学家和图书馆学家，吟诗、作赋、作对也精通，但他有一样不行，就是书法。还是在十多年前吧，我在北京大学参加一个进修班，在隔壁会议室和白化老邂逅，不久就去他在颐和山庄的寓所拜访。因事前受朋友所托，请白化老为处于筹办阶段的地方刊物《海州杂志》题写刊名。这天白化老很热情，我们在书房里一边喝茶一边说闲话，话题就拐到家乡的一些风物上，说海州湾，海州湾里的带鱼，说云台山，山上的葛根和葛根粉。趁着他兴致高时，我提出请他为家乡杂志题签的事。没想到他沉吟一会儿，突然说，这个我办不到。他的断然拒绝，一时让我有些尴尬。他夫人李老师在一旁笑说，老白就是怕写字。接着白化老才笑眯眯地说，我不会写毛笔字，一听说写毛笔字我就犯愁。又进一步解释道，不是我不想写，是实在不会写字。原来这样。我不觉乐了，连连向他表示不知情，不是故意为难他。他反而更是连声向我道歉。

那次拜访回来，我拿出刚买不久的一册《人海栖迟》读。这是一本白化老的著作，其中是回忆往事和记叙师友交谊的文章。这本书的封面题签者是白化老的老学长程毅中先生。程先生曾多次为白化老的书籍题签，如《佛教造像手印》《楹联丛话》等，还有不少题好了字而没有被采用的题签。在《人海栖迟》里，有不少师友手札的影印件，其中也有程毅中的几幅手迹。白化老在一封手札下记录了一条趣闻，曰："1953年9月2日，程毅中自沪发与白化文的订交后第一封信。说明：1.'乃翁'是大学同班同学对白化文的戏谑性称呼，与陆游的'家祭无忘告乃翁'无涉。2.白化文先向上海寄一明信片，询问程毅中返校日期。其中戏谑称：程毅中字写得好，文章也好，盼多写信来，以便在程死后卖钱。想不到，白化文赶不及，在程还好好活着的时候，就拿来卖钱了。"最后一句，是指程毅中的手迹增加了书的页码，多拿了版税。白化老是个爽快的人，连这种玩笑都开了。对他拒绝为《海州杂志》题签一事，倒觉得也是一件趣事了。

以为此事不会再有下文了，没想到几天后，我所住的邮电疗养院宿舍房间的电话突然响了起来，总台服务员对我说，有人留有一封信，请我过去拿一下。

谁会留信给我呢？我带着疑惑，来到另一幢楼的总服务台，看到信封我吃了一惊，原来是白化老的留信。信封是纯白的，上写“请交 连云港住客陈武先生”，落款是“白化文托”。我立马想起来，我们聊天时，他随便一问我们这批学员住在哪里，我说都住在邮电疗养院。他当时还戏称，邮电疗养院相当于北大第三招待所了。老先生记得清楚，让我感动。更让我感动的是，信封里是他手书的“海州杂志”，不是一幅，而是两幅，一幅简体字，一幅繁体字，都是竖写，落款是“白化文敬题”，钤“白氏化文”白文印。回到宿舍后，我把信封和题签反复看了多遍，感动于老先生真是照顾后辈，本来已经回绝了的事，可能事后觉得不妥吧，又重新答应了，并且写了两幅供挑选。

后来，《海州杂志》的操办者因事没有继续办这份杂志，白化老的题签也便没有用。

《周作人俞平伯往来通信集》

若干年前，我写过一篇《书房九歌》小文，文里有一节《笺谱》，说到俞平伯和周作人的通信，有这样一段话：

红学泰斗俞平伯，早年就和老师周作人通信，集有信札数百余通，俞平伯仔细装裱有三大册，自制封面，上有签条，书“春在堂藏苦雨翁书札”。每本册页前，都有手书跋文一篇。第一册为俞平伯自己所写，时间是1929年。第二册手书跋语出自周作人手笔，时间为1930年。第三册有手书跋语两则，其一是周作人，其二是废名，都写于1932年。上海译文出版社曾出版一册《周作人俞平伯往来通信集》，收入书信391通。其中，周作人致俞平伯210通，俞平伯致周作人181通。最早的一封信，是俞平伯致周作人的，时间是1921年3月1日，最晚一封信，也是俞平伯写给周作人的，为1964年8月16日。这些书信提到的名人更是不计其数，我们熟悉的就有蔡元培、胡适、钱玄同、废名、朱自清、叶圣陶、刘半农、马幼渔等上百人，大都是文学界、教育界、学术界的重要人物。书信中所谈论的内容也涉及很广，社会的，个人的，家庭的，学问的，正如该书宣传文章中所总结的那样："足以反映那个时代的社会形态、文化背景、教育状况、学者之间的交往以及他们的学术观点和文化追求，展现了他们及其周围人们的生活图景。"

俞平伯和周作人成为朋友，比他们开始通信还要早好几年。1917年暑假开学，周作人被聘为北京大学文科教授，兼国史编纂处编辑员。俞平伯此时正在北京大学读书，选定自己的研究科目为小说，同班同学中，和俞平伯志趣相投的，只有一个人，就是他的好朋友傅斯年。而此时担任小说科目指导老师的，共有三位——一位是胡适之先生，一位是刘半农先生，另一位就是周作人先生，都是大名鼎鼎、名声显赫。俞平伯多次听诸位老师的讲课，对于老师在小说方面的见解有深切的领会。所以，俞平伯才有后来两三篇小说的创作以及在燕大兼授小说课程这样的经历。我曾做过这样的假设：由于教俞平伯小说的三位导师都不是以小说创作见长，所以才没有培养出一个小说家俞平伯。胡适之先生是白话诗的开山鼻祖，俞平伯成了第一代新诗人；周作人在散文方面直追晚明遗风，有鲜明的个性，才影响了俞平伯的散文创作。如果他们三人中有人是白话小说的开创者，俞平伯说不准就成中国优秀的现代小说大师了。这只是我个人假设罢了。世界上没有“如果”，“如果”是个理想化的东西，不过是人们的美好愿望而已。

俞平伯北大一毕业，就和周作人保持联系。从1920年下半年开始，俞平伯在杭州一师任教，给周作人写信，从此“一发不可收”。10月22日，俞平伯致周作人信，27日就收到周作人的复信，12月13日又致周作人信。此后在长达近半个世纪的时间里，二人书信不断，仿佛成了习惯，即便是同住北京，同在一所大学教书，相距很近，也保持通信联络。

研究俞平伯的专家孙玉蓉女士编注的《周作人俞平伯往来通信集》，是一个功德无量的大工程，有了这本书，我们这些爱偷懒的读者能够了解二人长达近半个世纪的友情，了解他们之间的交往，了解发生在他们身上和周围友人中许多鲜为人知的事，有些事，甚至可当轶事来消遣。开篇提的事即是一例，另外还如1922年3月27日，周作人致信俞平伯，讨论俞平伯的论文《诗底进化的还原论》。这篇论文，发表在《诗》月刊创刊号上，俞平伯认为："好的诗的效用是能深刻地感多数人向善的。"还举了三个条件。周作人看完这篇文章，对俞平伯文中的观点提出三点质疑，并写成专文，发表在《晨报副刊》上，对俞平伯的观点进一步做了讨论。俞平伯收到信后，于31日给周作人写了一封长信，对诗是表现人生还是人生的表现等问题，发表自己的见解。信写好后，俞平伯觉得所谈很有意义，在信的末尾，表示要节录周作人的信发表在《诗》月刊上。俞平伯便以这封信为基础，进行加工润色，形成一篇理论文章，以通信的形式，发表在这年4月15日出版的《诗》月刊第1卷第4期上。又如，俞平伯应聘到上海大学任教，校方安排他教中国小说。1923年8月5日，俞平伯致信周作人，说："此项科目材料之搜集颇觉麻烦，不知先生有何意见否，鲁迅先生所编之《中国小说史》讲义，不知能见赐一份否？"这可以看作俞平伯向周作人的"求援信"。一来周作人是俞平伯的老师，在北京大学讲过中国小说；二来鲁迅手里有一本讲授中国小说的讲义。周作人在9月2日复信中说："《小说史讲义》在鲁迅先生处假得一册，觉得条理很好。原书仍交伏园奉还，请您晤他时为我致谢。"这封信的意义在于，信中所说的《小说史讲义》实为《小说史大略》，起初为油印本，后改铅印本，改名为《中国小说史大略》，是鲁迅1920年在北京大学讲授中国小说史时用的讲义。直到1923年年底和1924年年初，才由北京新潮社正式出版（分上、下两册）。那么就是说，俞平伯得到的这一本，应该不是正式出版本。还有一个意义即是，直到这时候，周作人和鲁迅的关系还保持得不错，但也似乎只是公事公办性质，因为他在信中，称乃兄为“鲁迅先生”。相较于周、俞二人在信中对朋友的各种昵称、怪称、简称，真是过于严肃了。

一般说来，名人都是有些个人隐私的，这些隐私又常常潜伏在书信或日记中（当然也有例外，像胡适的日记，就绝少有隐私，原因是胡先生从一开始，就确定这日记不是为自己所记，而是要供后人研究的，所以，真正的私事并没有记录），许多读者对名人隐私也常有猎奇之心。那么，《周作人俞平伯往来通信集》中有没有隐私呢？那就要看读者对隐私和轶事的区分了，也看读者如何睁开慧眼去发现了。

比如，1926年6月30日，周作人致俞平伯信：

平伯兄：

今日《京报》想已见到，第七板上有一篇妙文，大骂适之，而说你是适之的“大弟子”，（“大徒弟”？如悟空之于三藏乎？）此种文章固不值一笑，但可见精神异常的青年之多。丁在君几乎以“袁许”自居，未免稍滑稽，然而一面以“袁许”视人者的确不少，二十五年的教育之力终于无效，遗传的势力真大的可怕。近来有兴致做文章否，闻小峰《语丝》稿又不多了，请随时给我们一点。我是什么都做不出，偶然写一篇，亦只可在副刊上发表，难得较成片段的东西也。

六月三十日，作人

细心的读者会从这封信里看到多种信息。各人可根据兴趣不同，深入地追问下去。我的兴趣是周作人的约稿，看似代李小峰所编的《语丝》约稿，后面却不免露出“我们”二字，即可说明周作人是把《语丝》当自己的杂志的。同时也让我想起鲁迅对《语丝》的态度，想起兄弟毕竟是兄弟，还是有些默契的。

在俞平伯和周作人这些通信中，常常提到的那些同时代的名人，对他们各种各样的称呼就很有意思。比如对孙伏园，就有不少别称，伏园、万羽、孙公、伏公、伏老等，都是指孙伏园。信中还常提到钱玄同，他的别称更是五花八门，玄同、玄公、疑古、疑古公、疑古翁、玄同师、疑古老爹、疑古先生、疑古君、老爹、某老爹等。信中提到沈尹默，有尹默、沈、君默、尹公、沈委员公、平大沈校长等别称。信中提到江绍原，有绍原、原、江公、江次长、准礼部次长江、江二先生、江二公等。这些别称，用在不同的地方有不同的趣味，有时读到某处，不由得也要会心一笑。信中提到的许多人都是他们共同的朋友，出现最多的大概要数钱玄同了。钱玄同和周氏兄弟一样，早年留学日本东京，三人还在《民报》社内听章太炎讲解《说文解字》。钱又是俞平伯在北大时的老师。所以，在信中就无所不涉了。如周作人在给俞平伯的一封信中说："星期四苦雨斋夜谈，我提议可以邀疑古公来，因为否则酒菜未免多余，而且缺少健谈的人，亦稍稍冷静也。"这种话都说出来了，可见关系非同一般。

俞平伯和周作人的通信涉及的内容太广博了，有评论诗文的，品评和鉴赏书画的，有互赠诗词的，互相赠送邮票的，更多的则是传递信息、交换心得，当然也有约会、赴宴、出游、行礼等。比如1926年6月8日，俞平伯就邀请周作人于第二天赴崇内大街德国饭店吃饭。还比如，俞平伯收到叶公超结婚喜柬，问周作人如何"奉贺"，就连钱玄同做一件"新洋服"也要拿来说说。俞平伯要陪陈寅恪游北戴河，也向周作人通报。想到好友朱自清和陈竹隐的婚姻，“觉得典故之有味，又寻得一句将来可以写在红纸上送贺礼的话，即是渊明老爹的母舅的‘渐近自然’四字，只是有点流氓气耳”（俞平伯1931年7月17日致周作人信）。这些都属文人间的小情趣，从从容容地说来，让人不免心向往之。

我开头引用的《笺》文中，说的信笺，也是俞平伯周作人通信集中的一大特色。那些信笺有荣宝斋的，也有清秘阁的，有些还是套色水印，文气高雅。甚至有曲园、苦雨斋专门印制的信笺。至于书法也各有特色。周作人多为小行楷，看是随意写来，其实很有规矩，而且一以贯之。俞平伯则显示了名士风度，常有变化，而且不拘形式，时而正楷，时而行书，时而草书，均功底了得，字里行间，透出欧体遗韵，且挥洒自如。在印章的使用上，俞平伯和周作人差异不小。俞平伯一般不盖印，只落名，即使钤印，也极其例外，只在书写的诗词上才讲究地盖上印章。而周作人不然，对印章的使用似乎情有独钟到痴迷的程度，每封信都不可或缺，而且多多益善，名章、闲章、边款等一应俱全，琳琅满目，相映成趣。有时二人也玩点小幽默，比如俞平伯请周作人为其著作写序，周作人复信云："即以其人之"纸，还致"其人之身"。有一回，周作人得一枚"齐东陶父"的白文印章，在给俞平伯的信中作为闲章打上，算是炫耀吧。周作人还在旁边不无幽默地写道："借他人的图章，盖自己的信纸。"这些都说明二人的关系确实亲近至不一般了。

如前所述，周作人是章太炎的学生，章太炎的老师正是俞樾，从辈分上讲，俞樾是周作人的师祖了。所以，周作人一进北大便对学生俞平伯另眼相看，就一点也不奇怪了。待时间一久，又发现彼此在思想和情趣上有太多相似之处，便自然地由师生关系发展成亦师亦友的关系，甚至朋友情谊多于师生情谊。

在近半个世纪的交往过程中，书信成为他们交流的重要方式。"上至生死兴衰，下至虫鱼神鬼，无不可谈，无不可听，则其乐益大，而以此例彼，人情又复不能无所偏向耳。"（周作人《杂拌儿之二》序）作为老师的周作人，在为俞平伯撰写的多篇序跋里，多有溢美之词，认为俞平伯的散文深得晚明小品文的影响，并发扬了晚明小品文的特色，词采绚丽，色泽清雅，看似信手拈来，实质是经过反复的推敲。而且，俞平伯的文风自创一种新旧杂糅、飘逸婉曲的独特风格，在中国现代散文中独树一帜，自成一家。周作人在俞平伯所著《杂拌儿》的题记里如是说道：“平伯所写的文章自具有一种独特的风致。这风致是属于中国文学的，是那样地旧又这样地新。……现代的散文好像是一条湮没在沙土下的河水，多少年后又在下流被掘了出来，这是一条古河，却又是新的。”在《杂拌儿之二》序里又说：“我们生在这年头儿，能够于文字中去找到古今中外的人听他言志，这实在已是一个快乐。”周作人这样的评价或定论，从某一个方面也影响了俞平伯以后的创作倾向。我很赞成孙玉蓉女士在《俞平伯散文选集》（百花文艺出版社，1990年6月出版）序里评价的话，“俞平伯的散文属于周作人这一流派：周作人的散文冲淡，废名的散文比较苦涩，俞平伯的散文则介于两者之间，比较雅致。他早期的散文反映的多是知识分子的情趣，很少触及重大现实问题。三十年代写作的随笔和杂感，语言更简净，意境也益深厚，对社会现实问题有所触及，表达得却很隐晦。他的年事愈高，文笔愈简古，绚烂之极，自归平淡，至今看来仍有一定的艺术生命力，给读者以有益的启迪”。不过，孙女士的评价还是留有余地的，“仍有一定的艺术生命力”评价偏低，以我的阅读趣味来看，其艺术生命力，当代散文家族里的优秀分子也只能望其项背吧！

从这本通信集中，我还注意到，从二十世纪二十年代末到三十年代中期，俞平伯和周作人的通信更为密集。细究一下俞平伯那段时间的生活行状，有和睦的家庭，有稳定的工作，有骄人的成就，可用“安逸平静”来形容，三十岁左右精力充沛，写作、发表、出版、研究、教书等都顺风顺水，加之有一批谈得来的朋友，可以说，这是他人生最精华的时间段。比如他在1928年5月，刚刚编定《杂拌儿》之后，就着手写作《燕知草》。在通信中，这些安逸的情趣和写作上的心得、进度等，和周作人时有所交流。在1928年6月23日信中，俞平伯告诉周作人，要继续写作《燕知草》里的散文，准备暑期编出，同时也轻松地聊道：燕大的“薪水支票尚未见送来，好在节关已过亦不亟亟也”。说到陈师曾为周作人所刻“周作”朱文印章边款，俞平伯说：“所示陈刻印文见了边款始恍然，前评虽未当，幸尚不大谬。”短短的一封信中，所谈诸事，都极其从容淡定，其平和的心态可见一斑。而他的散文也渐入佳境，新诗写得少了，散文、随笔写得多了，特别是散文的语言，亦文亦白，文白杂陈，这种写作手法也颇受周作人赏识。

这种互相赏识，在他们的创作上也互为影响。1930年5月，《骆驼草》周刊在北京创刊，主编是周作人“四大弟子”之一的废名。废也是俞平伯的朋友，一时间，这本小型周刊汇聚了以周作人、俞平伯等一批京派文人为主的作家的作品，加之有着鲜明的独立精神和艺术趣味，“京派文学”因此呈现雏形。但是，这本小周刊却遭受左翼作家的批评，连带挨批的还有周作人和俞平伯。俞平伯对这些声音不以为然，在《又是没落》的文章中，发出了自己的声音，也算是反驳吧。俞平伯说：“什么是没落？我一点也不懂，并可以说昨儿在苦雨斋把没落挂在口角上的各位师友，也没有一个真懂得的……”俞平伯的这番言论是对左翼作家们对《中年》批判的答复。《中年》这篇文章俞平伯于1931年5月21日写毕，发表于当年7月《新月》月刊第3卷第9期上。俞平伯在文章中写道：“当遥指青山是我们的归路，不免感到轻微的战栗。可是走得近了，空翠渐减，终于到了某一点，不见遥青，只见平淡无奇的道路树石，憧憬既已消释了，我们遂坦然长往。所谓某一点是很难确定的，假如有，那就是中年。”俞平伯的比喻中掺杂了不少个人的情绪。“我也是关怀生死颇切的人，直到今年方才渐渐淡漠起来，看看从前的文章，有些觉得颇已渺茫，有隔世之感。”这些话多多少少透出一丝苍凉，也有一丝无奈。但是，《中年》显然是俞平伯比较得意的一篇散文，刚一写完就给周作人看了，并在1931年5月27日的信中有所提及。

促使俞平伯写文反驳的还有一层缘由，这便是周作人的那篇《中年》。周作人这篇文章，比俞平伯的《中年》要早一年多完成，发表在《益世报·副刊》上。周作人在《中年》中写道：“我决不敢相信自己是不惑，虽然岁月过了不惑之年好久了。但是我总想努力不至于不惑，不要人情物理都不了解。本来人生是一贯的，其中却分几个段落……少年时代是浪漫的，中年是理智的时代，到了老年差不多可以说是待死堂的生活罢。然而中国凡事是颠倒错乱的……假如我们过了四十却还能平凡地生活，虽不见得怎样得体，也不至于怎样出丑，这实在要算是侥天之幸，……年纪一年年的增多，有如走路一站站的过去，所见既多，对于从前的意见自然多少要加以修改。……不过，走着路专为贪看人物风景，不复去访求奇遇，所以或者比较地看得平静仔细一点也未可知。”

依他们二人私交如此之好，加之周作人对俞平伯思想和情趣上的影响，俞平伯的《中年》是一定受周作人的《中年》的启发的。这种启发有多大呢？周作人写作此文时四十六岁，已经是名副其实的中年了。而俞平伯才三十二岁，称中年，无论如何都很勉强。但因为有了“影响”，这样的勉强便有了可能。这就可以看出来，俞平伯的思想受周作人的影响有多大了。到了1932年，俞平伯在《代拟吾庐约言草稿》中写道：“生命之脆也，吾身至小也，人世至艰也，宇宙至大也，区区的挣扎，明知是沧海的微沤，然而何必不自爱，又岂可不自爱呢。”

可惜的是，《周作人俞平伯往来通信集》里虽然收有不少幅书信影印件，但却不是全部地保留下来，不能展示二人书信全面的风采，不能不说是遗憾！好在他们二人的后人，即周丰一、俞润民编了一本《周作人俞平伯往来书札影真》，由北京图书馆出版社彩印出版，弥补了这一缺陷。

翻看俞平伯和周作人的通信，信的本身是愉悦的，而信中披露出的许多鲜为人知的信息更让我们受益匪浅。

《李叔同诗文遗墨精选》

《李叔同诗文遗墨精选》出版于2003年10月，是“白马湖作家群文丛”之一种。另三种分别是《夏丏尊散文译文精选》《丰子恺散文漫画精选》《朱自清散文精选》。四位先生都是在各自领域成就卓越的名家，先后在白马湖畔春晖中学担任过教师（或有住所），教书育人之余，形成了“白马湖文学现象”，其成就令世人瞩目。

“镜花水月，当体非真。如是妙观，可谓智人”。这是李叔同在白马湖畔晚晴山房为《淡斋画册》题的偈语。我不想揣摩此偈的深意，说智者，李叔同可谓大智，诗文、音乐、绘画、书法、篆刻、戏剧均有所成，正如他的弟子丰子恺先生所说：“文艺的园地，差不多被他走遍了。”李叔同早年住在上海城南的“草堂”，和张小楼、蔡小香、袁仲濂、许幻园等成立“天涯五友”，诗词唱和，颇为投缘。或许是年少恃才，诗和词带着风花雪月，也有些波俏和机智。他有一首《清平乐·赠许幻园》，就写于那一时期：“城南小住，情适闲居赋。文采风流合倾慕，闭户著书自足。阳春常驻山家，金樽酒进胡麻。篱畔菊花未老，岭头又放梅花。”真是一幅又有闲情又有趣的闭户著书图。这样的小住，哪一位文家不曾幻想过呢？在《戏赠蔡小香四绝》里，有“轻减腰围比柳姿，刘桢平视故迟迟”之句。而忧国忧民的诗词则集中在诗词集《辛丑北征泪墨》里，《轮中枕上闻歌口占》就是其中的代表作：“子夜新声碧玉杯，可怜肠断念家山。劝君莫把愁颜破，西望长安人未还。”“辛丑”即一九〇一年，义和团抗击八国联军失败，李叔同由沪进津省亲，由于交通不便，被迫在津居留两月。这一时期，他还写了大量的忧患感怀诗，试录两首如下：

杜宇啼残故国愁，虚名况敢望千秋。

男儿若论收场好，不是将军也断头。

——《感时》

一杯浊酒过清明，觞断樽前百感生；

辜负江南好风景，杏花时节在边城。

——《津门清明》

夏丏尊先生曾经由衷地表示，李叔同所懂得的，不仅是图画、音乐，他的诗文比国文老师的更好。此话并非好友间的“抬轿”，李叔同的诗文确是功力非凡，常有惊人之句，比如“一花一叶，孤芳致洁”，比如“月似解人离别苦，清光减作一钩斜”，再比如“某山某水留奇迹，一草一花是爱根”，简白中透出深邃的禅意，真是“二十文章惊海内”。

“长亭外，古道边，芳草碧连天。晚风拂柳笛声残，夕阳山外山……”这首耳熟能详的《送别》，就是由李叔同选曲并配词的。词和曲绝配，忧郁、哀愁、感伤中，萦绕着言犹不尽的情怀，感染了数代人。这首歌的绝妙之处，除了歌词有着中国传统小令长短参差、句式充满变化的特点外，更让人拍案叫绝的是，他借用了当时在日本很流行的歌曲《旅愁》的旋律（而《旅愁》是日本作曲家犬童球溪借用美国艺人约翰·P.奥德威所作的《梦见家和母亲》的旋律）。词与曲经李叔同之手后，那种眷恋，那种哀怨，那种痴情，真是珠联璧合，相得益彰。

李叔同在出家之前的一二十年间，写了许多歌，《祖国歌》《我的国》《大中华》《春游》《西湖》《晚钟》《朝阳》等，有的是作词配曲，有的是词曲皆工。他配词的三部合唱《采莲》，词是这样的："采莲复采莲，莲花莲叶何蹁跹！露华如珠月如水，十五十六清光圆。采莲复采莲，莲花莲叶何蹁跹！"真是对中国古典诗词绝妙的化用。在杭州一师任教期间，他还把许多唐宋名家的诗词配上曲，在师生间传唱。著名的《浙江省立第一师范校歌》也是李叔同谱的曲。出家以后，李叔同依然词曲不离手，或作词，或谱曲。他的五首"清凉歌"，就是1931年9月在浙江慈溪白湖金仙寺写成。由太虚大师作词、李叔同谱曲的《三宝赞》，更是在佛教界经久传唱。

照我个人的欣赏趣味，我更喜欢李叔同的书法，特别是他晚年的书法。我们知道，书家最讲究的就是风格，而风格主要体现在个性和特点上，这就是所谓的“法度”吧。如果书法没有与众不同的个性，也就失去其特有的艺术价值和艺术生命。所以，这本《李叔同诗文遗墨精选》所收的李叔同各个时间的墨迹，体现了他一路走来的书风变化，每个时期有每个时期的风景，可观，可看，可赏，可玩，实在让人爱不释手。

该书用三分之一的篇幅收李叔同的遗墨百余件以及大量篆刻作品，有隶书、篆书、行书，不少都是他的代表作（其实件件堪称代表），更有他圆寂前给学生刘质平、丰子恺的遗书以及绝笔“悲欣交集”横幅。从所收的墨迹看，他青年时期致力于临碑，代表作有《游艺》《勇猛精进》等。他出家前的书体，秀丽、挺健而潇洒。他出家后，书体由精进而渐渐变为超逸、淡冶，无法而胜有法。后期之作，愈加明净、平易、安详。而该书所收的篆刻作品，都是成熟之作，气息古厚，冲淡质朴，一印一世界。

《李叔同诗文遗墨精选》还收入他题赠友人的诗词、楹联、偈语。令人称奇的是，这些诗、词、楹、偈的书法艺术，根据获赠者的不同而存在微妙的差异——内容差异，书体差异，而又能做到“隔人通气”（由“隔行通气”演变而来）。以书赠徐耀廷之二条屏和“一法不当情，万缘同镜象”为代表的，是在佛门与俗界交集的形态，蕴藉有味，带一股佛门的感悟，还没有完全脱离俗界的气息；“身在万物中，心在万物上”，“必有容德乃大，必有忍事乃济”等书法，无论是内容还是法体，是在佛门中，望眼俗界之作，是他书法的最高境界，完全形成了自己的风格。越往后，他的书法越圆润，做到无法而有法，无度而有度，从他书赠刘质平的对联“今日方知心是佛，前身安见我非僧”，到许多联句，如“恕是猛虎欲是深渊”“无心者公，无我者明”等，更是达到了化境。至于他手抄的那些经卷，如《大方广佛华严经净行品偈》，字体的平和匀称，“非俗界所能解也”。正如书法批评家老城先生所说：“或纯粹是禅宗所需要，或完全是玄妙禅宗的云游，抖落了尘世一切欲望与缠绕，忘却了人间的龌龊与辉煌，一双法眼再也不看世间的峥嵘岁月，也不再看那千古都在演绎的悲欢离合……”

二十世纪初的中国文艺，公平地说，不应该绕开李叔同。也许有人说他在文艺上没有大成就，但他是中国早期的文艺社团之一“南社”的社员；他早年男扮女装饰演

《茶花女》，开中国话剧之先河；在浙江一师时开风气之先，教授美术中的人体课。还有他对学生如曹聚仁、丰子恺、刘质平、宋云彬等文艺大家的培养、教诲，以及和苏曼殊、陈师曾、马叙伦、柳亚子、胡朴安、叶圣陶、夏丏尊等人的交谊，都有大文章可做。曹聚仁先生对他评价说：“不独他的艺术天才在我们眼前闪光，他的语默行止都感化了我们。”

弘一法师一生中，最明白的，最具智慧的，就是他特别懂得句号怎么样画，在人生的什么地方画，什么时候画，画得圆不圆。在他该专心的时候，及时将才子佳人画了句号；在他失去唯一的长辈亲人的时候，他画上了父母在不远游那古训的句号；在他学成归国后，画上了游学的句号；在他完成了人生能完成的事业，到达他能够到达的顶端的时候，他画上了俗界的句号。在他终成正果的时候而圆寂，让灵魂追随释迦牟尼而去。

——《一法不当情，万缘同镜象——说不尽的弘一法师》，老城著，《书法》二〇〇八年第十一期。

老城先生的话我深有同感。其实，一直以来，许多文艺界人士对李叔同都怀着感佩之心，特别是他出家后。林语堂就说过："李叔同是我们时代里最有才华的几位天才之一，也是最奇特的一个人，最遗世而独立的一个人。"张爱玲也曾说："不要认为我是个高傲的人，我从来不是的，至少，在弘一法师寺院围墙外面转，我是如此的谦卑。"夏丏尊更是极高地评介道："综师一生，为翩翩之佳公子，为激昂之志士，为多才之艺人，为严肃之教育者，为戒律精严之头陀，而以倾心西极，吉祥善逝。"但不知为什么，我在这些感佩声中总是略略地感到伤感和哀愁，就像听他的《送别》一样。

一九四二年，弘一法师圆寂一周年后，上海大雄书局印行了一册《弘一法师永怀录》。我手里有一本上海佛学书局二〇〇五年的重排本，我时常拿出来翻翻，读一两页，之后，都会抱着书默想半天。大师的遗偈说："君子之交，其淡如水。执象而求，咫尺千里。问余何适，廓尔亡言。花枝春满，天心月圆。"悲悯的大师，已经得道成佛！

最后想说的是，“白马湖作家群文丛”这个编辑方针值得提倡，而已出版的朱自清、夏丏尊、丰子恺、李叔同等的四种著作，都是领一时风流之人物的代表之作，值得珍视和收藏。

2004年春月初八草于新浦河南庄掬云居

2008年12月7日电脑录入并修订

后　记

去年11月开始搬迁书房，从河南庄搬到秀逸苏杭，到现在，搬了好几个月，也还是半拉子工程。旧宅里的书只搬出了三分之二，而新居里的书房虽然面积不小，大大小小书橱更有二三十组，但已经塞满了图书。书还要不要搬？搬来怎么放？不搬的话，有些书又确需要用，查书怎么办？都是问题。但在边搬边整理中，会看到朋友们送我的一些字画，会看到一些信札、手迹，会看到书画册页，也会随手摸到我曾经读过的书和写过书评的书，这些有不少属于艺术类的，连带着想到那些散落在各种报纸边边角角的艺评小文，就像故人相见一样亲切，会看了又看，想了又想。于是，我便有了动手编辑这本小书的冲动。说干就干，我花了几天时间，把这些小文章从电脑里翻出来，大致做了个排序，完事。

我对和艺术相关的纸品产生一点兴趣，是很久以前的事了。我那时也不过六七岁，似乎还没有入学，在一家乡镇供销社轧花厂宿舍里看到一个“画家”，他姓什么叫什么我完全没有记忆了，仿佛听说他是从哪里“下放”来的，似乎不太得志，一个人住一间宿舍，宿舍里有一张床、一张旧桌子、一张旧椅子，别的什么都没有。我父亲在轧花厂隔壁的废品收购站工作，喜欢干木匠活，帮同事、朋友做些简单的家具。我父亲帮这个画家做了一个带镜子的脸盆架。父亲送脸盆架给他时，我跟着一起去玩，看到他一间屋子的墙上挂满了画。我父亲刻过版画，印过门神，对艺术也略懂一二，在欣赏这些画的时候，问我喜欢不喜欢。我心里喜欢却羞于回答。画家看出来了，说，来跟我学画画玩吧。我没敢答应。临走的时候，画家随便找了几张桌上的画，叠叠卷卷送给我，让我拿回家糊墙。我当真把这些画拿回家糊墙了，又被村上一个本家叔叔看到了，跟我要了几张去，当着年画贴，还说要有，再给他找几张。我后来再去供销社玩，在食堂吃饭时，多次见过这个画家，还从他宿舍的后窗里，偷看他贴在墙上的那些画，有一次，还碰巧看到他正在画画。他的窗后边是一片大麻地，密不透风的大麻比我高多了，我躲在那里看了好久。不久后，听父亲和同事闲聊，知道这个画家回省城了，口气里对画家充满了钦佩。长大后到县城工作，最喜欢看文化馆橱窗里的那些五彩缤纷的画，油画、国画、水粉画、水彩画，还有木刻，都有，会想到住在轧花厂宿舍里的那个画家，觉得当初要是能跟他学画，橱窗里的这些画，说不定也能有我的一张。现在想想，那些水墨画，还是很高级的，很可惜一张都没有保留。我没有成为画家，没有机会学是一个方面，更主要的，还是很快就迷恋书籍了。废品收购站里有收购来的旧书、旧报、旧杂志，《东海民兵》《黄海前哨》《解放军画报》等都是我特别爱看的。对有插图的旧书，再破再烂，也要收藏起来。这可能就是我对艺术最初的萌芽吧。

把这本小书编好后，觉得还有两篇文章值得一写：一篇是我在《城市晚报》开专栏时，有个未曾谋面的朋友给我画过两幅漫画，作为专栏的题花；另一篇是东海版画家曹鸣凤为我刻过一幅肖像，尺寸很大，精装了框送给我，特别精美。漫画和版画，我都喜欢，一直想写篇文章，一来对他们表示感谢，二来也显摆一下。可这本小书的交稿日期在即，只好等以后再说了。

2018年5月1日于海州花果山下秀逸苏杭